Hagen Röhrig

Kai Flammersfeld
und die Transsylvanischen Schicksalskekse

Hagen Röhrig wurde 1967 in Pinneberg geboren und studierte Anglistik und Geografie in Heidelberg. Seine Abschlussarbeit schrieb er über Vampire in Mythen und in der englischen Literatur. Er arbeitete als Deutschlehrer und Flugbegleiter. Hagen Röhrig ist Autor von zahlreichen Kurzgeschichten und Märchen. Heute lebt er in Weinheim an der Bergstraße.

Hagen Röhrig

Kai Flammersfeld
und die Transsylvanischen Schicksalskekse

Ravensburger Buchverlag

Für Sandra
Du hattest Recht ...

Als Ravensburger Taschenbuch
Band 52402
erschienen 2009

Umschlaggestaltung: Dirk Lieb unter Verwendung einer Illustration
von Markus Grolik
www.markus-grolik.de
Innenillustrationen von Larysa Golik

Printed in Germany

1 2 3 4 5 13 12 11 10 09

ISBN 978-3-473-52402-0

www.ravensburger.de

INHALT

RÄUBER UND GENDARM

„Und?“ Kai versuchte, in der Dämmerung etwas durch die Zweige hindurch zu erkennen.

„Nichts“, hauchte eine Stimme neben ihm. Sandra, seine allerbeste Freundin, strich sich eine Strähne ihres langen roten Haares aus dem Gesicht. Seit einer halben Stunde saßen sie nun schon hinter einem dichten Busch auf einer kleinen Anhöhe im Wald. Kai nannte den Platz sein „Spezialversteck“, denn von hier aus hatte man einen guten Überblick über die Umgebung und konnte sofort erkennen, wenn jemand im Anmarsch war. Deshalb benutzte er dieses geheime Versteck immer, wenn er mit seinen Freunden Räuber und Gendarm spielte, so wie heute, an Felix’ Geburtstag, der glücklicherweise auch der erste Tag der Ferien war.

Räuber und Gendarm war sein Lieblingsspiel und er spielte es sehr oft mit seinen Freunden. Einige waren die Räuber, die sich im Wald verstecken mussten. Die anderen waren Polizisten, die Gendarmen. Sie versuchten die Räuber im Wald aufzustöbern und zu fangen. Das Aufregende für die Räuber war dabei, dass jeder gefangene Räuber zu einem Gendarmen wurde und sich an der Jagd auf die Räuber beteiligen musste. So nahm die Zahl der Räuber stetig ab und die der Gendarmen zu. Irgendwann wurde es dann verdammt gefährlich für die übrig gebliebenen Räuber. Und das war der Moment des Spiels, den Kai am spannendsten fand. Er schaffte es als Räuber immer wieder, bis zum Ende durchzuhalten und den Gendarmen zu entwischen.

„Die kriegen uns nie“, sagte er triumphierend und grinste Sandra breit an. „Die Siegerprämie gehört uns!“

„Die Siegerprämie? Was denn für eine Siegerprämie?“, wollte Sandra wissen.

„Hast du das vorhin nicht mitbekommen? Die Räuber, die bis zum Schluss durchhalten, dürfen sich das große Marzipanbrot, das Felix zum Geburtstag bekommen hat, teilen!“ Kai leckte sich die Lippen.

„Igitt!“, stöhnte Sandra. „Das kannst du für dich allein haben. Ich hasse Marzipan.“ Mit Schaudern erinnerte sie sich an die Marzipantorte, die vorhin angeschnitten worden war.

Kai schaute sie mit leuchtenden Augen an: „Danke, das ist ja nett!“ Dann schob er einige Zweige beiseite und beobachtete eine kleine Gruppe von Tannenbäumen. Hatte sich da nicht eben etwas bewegt?

Sandra blickte zu den Baumwipfeln hoch. Direkt über ihr turnte ein Eichhörnchen über die Äste. Es sprang wild hin und her. „Ewig kann das Spiel ja nicht mehr gehen“, flüsterte sie, um das Eichhörnchen nicht zu verjagen. „Es dämmert ja schon.“

Kai nickte nur zustimmend und starrte weiterhin gebannt in den Wald.

Jetzt hatte sich das Eichhörnchen einen Tannenzapfen gekrallt und begann daran herumzuknabbern. Doch plötzlich schreckte es auf und blieb wie angewurzelt auf seinen Hinterpfoten sitzen. Dann machte es einen großen Satz und war im Geäst des nächsten Baums verschwunden. Im gleichen Augenblick spürte Sandra Kais warme Hand auf ihrer Schulter.

„Pst!“, zischte er. „Dort unten sind Felix, Sven und Tobias!“ Sandra kroch näher an ihn heran und blickte in die Richtung, in die Kai zeigte. Und tatsächlich! Am Fuß der Anhöhe stiefelten drei Gestalten im Unterholz herum. Zuerst erkannte sie nur Felix und Sven, aber dann sah sie auch den dicken

Tobias. Er keuchte lustlos hinter den anderen beiden her.

Sandra und Kai grinsten einander verschwörerisch an. Das war typisch Tobias! Alles, was mit Sport zu tun hatte, war ihm zu viel. Und den Wald nach Räubern zu durchkämmen und sie dann auch noch zu jagen, war ihm erst recht zu anstrengend. „So'n Stress!", war sein Standardspruch, wenn es um Bewegung ging. Dafür allerdings war er in anderen Dingen ein Weltmeister. Letztes Schuljahr hatte er zum Beispiel für die Schultheatergruppe „Die faulen Ratten" fast das gesamte Bühnenbild gebaut. Und in Englisch war er sowieso Klassenbester.

„Wartet doch mal", konnten sie ihn unten protestieren hören.

Plötzlich schreckten Kai und Sandra auf. Neben ihnen im Gebüsch hörten sie das Knacken von Ästen und im nächsten Augenblick sprang etwas mit wildem Geschrei vor ihnen aus dem Unterholz. Es war Frank. Mit tortenverschmiertem Gesicht stand er da, stierte Kai und Sandra an und brüllte den anderen zu: „Hier sind sie! Kommt her!"

Dann ging alles blitzschnell. Von unten kam lautes Stimmengewirr. Felix und Sven stürmten den Abhang herauf, Tobias lief etwas langsamer hinterher. „Lass sie nicht entkommen!", riefen sie Frank zu. Doch noch ehe er sich Kai und Sandra in den Weg stellen konnte, waren sie aufgesprungen und rannten los. Dicht gefolgt von den anderen rasten sie in den Wald hinein.

„Wir sollten uns trennen“, keuchte Kai, nachdem sie schon eine ganze Weile gerannt waren, und wischte sich eine Mücke weg, die an seine Wange geklatscht war. „Ich renne nach rechts und du nach links, okay?“

„Gut“, prustete Sandra, die ganz überrascht war, dass sie trotz ihres mit Torte und Schokoeis gefüllten Bauches so gut rennen konnte. „Bis nachher dann.“ Sie bog nach links ab ins Unterholz. Kai konnte noch sehen, wie Felix und Sven hinter ihr herliefen. Dann bog er nach rechts ab. Er kam auf einen breiten Weg, der sich durch den dichten Wald schlängelte. Hinter sich hörte er deutlich das Keuchen von Frank und Tobias.

„Los, Tobias, beeil dich! Gleich haben wir ihn!“, brüllte Frank.

Kai lief noch schneller. Nach einiger Zeit erreichte er eine alte, hölzerne Brücke, die über einen kleinen Bach führte. Hinter der Brücke gabelte sich der Weg. Rechts führte ein gut ausgebauter Wanderweg bergab und links ging ein schmaler, sehr steiler und verwahrloster Pfad einen Hügel hinauf.

Für diesen Pfad entschied sich Kai und schlug einen Haken nach links, als er die Weggabelung erreichte.

Der Schweiß rann ihm über die Stirn und fiel in kleinen Tropfen von der Nasenspitze auf den weichen Waldboden. Höher und immer höher wand sich der Pfad den Hügel hinauf. Schließlich war Kai auf der Anhöhe angelangt und stolperte japsend auf eine Waldlichtung. Er lehnte sich gegen einen riesigen Felsen, der über und über mit Moos bewachsen war. Sein Haar war von Schweiß durchnässt und einige dicke Strähnen klebten an seiner Stirn. Er spürte, wie das Herz in seiner Brust raste. In diesem Augenblick war es ihm völlig gleichgültig, ob Frank und Tobias ihn fangen würden oder nicht.

Aber ein bisschen ärgern würde es ihn schon. Schließlich hatte er so fest mit dem Marzipanbrot gerechnet. Und überhaupt hatte ihn Frank noch nie bei einem ihrer Räuber-und-Gendarm-Spiele fangen können. Von Tobias einmal ganz zu schweigen. Und nun sollte ausgerechnet heute, bei Felix' Geburtstagsparty und am ersten Tag der Osterferien, das erste Mal sein? Aber dieser steile Weg hatte ihn völlig geschafft und er schwor sich, nie wieder einen Fuß darauf zu setzen. Kai wartete darauf, dass seine Verfolger ihn einholen würden, doch nichts geschah.

Kein Frank. Kein Tobias. Nur ein Vogel flatterte aufgeregt zwischen den alten, knorrigen Bäumen umher und Kai zuckte zusammen, als dieser unvermittelt in lautes Gekrächze ausbrach.

„Blödes Ding“, zischte er und sah dem Vogel nach, wie er in den Baumkronen verschwand. Kai schaute sich verwundert um. Frank und Tobias würden ihm doch niemals die Gelegenheit geben zu verschnaufen. Oder? Er lugte vorsichtig um den Felsen. Aber auch da waren die beiden nicht.

Seltsam, dachte Kai. Als Gendarm hätte ich aber nicht so schnell aufgegeben. Er ließ den Felsen hinter sich und ging ein paar Schritte. Er war allein hier oben, so viel war sicher. Über ihm schien bereits, groß und hell, der Vollmond und durch die Bäume hindurch konnte Kai das dunkle Blau des Abendhimmels erkennen. Es war wohl besser, jetzt umzukehren.

Kai hoffte inständig, dass das Marzipanbrot noch nicht vergeben worden war und solange überleben würde, bis er bei den anderen angelangt war. Gerade wollte er auf dem kleinen Pfad wieder umkehren, da kam ihm eine Idee. Warum sollte er nicht an dem großen Felsen vorbei in die andere Richtung laufen? Dort ging es ein kurzes Stück abwärts durch dichten Wald und schließlich kam man auf einen recht breiten Weg, der an einer Wiese endete – direkt vor Felix' Haus. Im Grunde hielt er das für eine hervorragende Idee. Sie hatte nur einen Haken: den alten Friedhof.

DER ALTE FRIEDHOF

Nicht dass er ein Angsthase gewesen wäre. Nein, bestimmt nicht. Er war auch schon einige Male auf dem alten Friedhof gewesen. Aber immer nur tagsüber. Und gestern hatte er den Gruselfilm im Spätprogramm gesehen. Darin hatte sich ein Monster auf einem Friedhof eingenistet, von wo aus es immer wieder eine kleine Stadt heimsuchte. Fast alle Einwohner des Städtchens waren Opfer des Monsters geworden, das seine Gestalt beliebig ändern konnte. Am schlimmsten hatte es ausgesehen, als es den alten Bauern in seiner Scheune …

Nein, er durfte nicht weiter an diesen Film denken. Es lief ihm schon kalt den Rücken hinunter. Kai marschierte los. Mondstrahlen tanzten auf den Blättern und Nadelspitzen, durchzogen den Wald wie ein bleicher Schleier und ließen die Bäume gespenstisch matt schimmern. Als Kai die Lichtung überquert hatte, zwängte er sich durch dichtes Ge-

strüpp, das nach einigen Metern einer anderen, viel größeren Waldlichtung Platz machte, in deren Mitte, in silbriges Mondlicht getaucht, der alte Friedhof lag.

Kai ging zögernd näher. Es schauderte ihn beim Anblick der verfallenen Gräber, zwischen denen langsam dünne Nebelschwaden aus dem feuchten Gras aufstiegen. Aus dem Meer durcheinanderliegender Grabsteine und Marmorplatten ragten großzügig angelegte Grüfte hervor, von denen viele mit Blumen aus Marmor und rätselhaften Gesichtern aus Stein verziert waren. Wo immer es möglich war, hatten sich Gras und Moos eingenistet und überzogen den alten Friedhof wie ein grüner, weicher Teppich. In der Mitte des Friedhofs konnte Kai große Steinkreuze erkennen. An einigen kroch Efeu empor, andere waren schon ganz und gar von ihm verschlungen und wieder andere zeigten ihren nackten Marmor, der gespenstisch im Dämmerlicht schimmerte. Ein paar Meter von Kai entfernt thronten auf den Spitzen einiger großer Säulen weinende Engelsfiguren, die mit weit ausgebreiteten Flügeln die Toten betrauerten. Rechts von ihnen, gleich hinter dem verrosteten Eisenzaun, der den ganzen Friedhof umgab, lag eine große, halb verfallene Gruft. An jeder ihrer vier Ecken hingen drachenartige

Wasserspeier, deren Schatten im fahlen Mondlicht so verzerrt wurden, dass es den Anschein hatte, als streckten teuflische Wesen mit fratzenhaften Gesichtern ihre gierigen Krallen nach Kai aus, um ihn zu packen. Das Bild des Monsters aus dem Film schoss ihm wieder durch den Kopf. Und das vor Grauen entstellte Gesicht des Bauern, als das Ungeheuer ihn in seiner Scheune auf dem Heuboden …

Nein, nicht daran denken! An alles, bloß nicht daran denken!

Kai beschleunigte seine Schritte. Der Weg ging ein Stück dem Friedhof entgegen und führte dann rechts um ihn herum, wobei er für Kais Geschmack jedoch gefährlich nah an den Gräbern vorbeiführte.

Nicht genauer hinsehen! Nur schnell an den Toten vorbei!

Mit einem mulmigen Gefühl in der Magengegend lief Kai auf den Eisenzaun zu. Er schaute nicht nach links und nicht nach rechts. Sein Blick war fest auf die Eisenstäbe des Zaunes gerichtet. Wäre er doch nur nicht auf die Idee mit der Abkürzung über den alten Friedhof gekommen! Wie sehr verfluchte er den Augenblick, in dem ihm dieser Gedanke gekommen war.

Dann blieb er auf einmal wie angewurzelt stehen. Was war das für ein Geräusch? Kai hielt den

Atem an. Er spürte, wie ihm das Blut in den Kopf schoss. Seine Schläfen pochten so stark, dass sie schmerzten. Ganz langsam, als könnte ihn auch nur die kleinste Bewegung verraten, drehte er sich um. Er hatte es deutlich gehört ... Sein Blick wanderte über den Friedhof und tastete jedes Grab ab, jede Erhebung und noch die kleinste Spalte. Doch er konnte nichts Verdächtiges erkennen. Bewegungslos stand er vor dem Eisenzaun. Sein Herz raste.

Bummbumm. Bummbumm. Bummbumm.

Alles um ihn herum war still. Totenstill.

Und dann hörte er es wieder.

Kchrrrrrrr!

Kai schnürte es die Kehle zu.

Kchrrrrr!

Kalter Schweiß trat ihm auf die Stirn.

Kchrrrrrrr!

Plötzlich schoss ihm ein Gedanke durch den Kopf. Er konnte nicht hier stehen bleiben. Irgendjemand musste dieses Geräusch verursachen. Und dieser Jemand würde ihn sofort sehen, wenn er hier vor dem Friedhofszaun stand. Kai blickte sich um. Ein paar Meter von ihm entfernt sah er eine kleine Gruppe von Tannenbäumen. Auf Zehenspitzen schlich er zu ihnen hinüber. Hinter der dicksten Tanne blieb er stehen, und obwohl er sich eigentlich immer noch nicht sicherer fühlte, überkam ihn doch Erleichterung. Er schob einige Zweige auseinander und spähte zum Friedhof hinüber. Ängstlich presste er sich dicht an den Stamm der Tanne.

An der Gruft mit den Wasserspeiern stand völlig unvermutet eine hagere, hochgewachsene Gestalt! Sie trug einen schwarzen Umhang, der ganz ausgefranst war und fast bis zum Boden herabhing. Das pechschwarze Haar stand ihr wild vom Kopf ab. Die Gestalt hatte Kai den Rücken zugewandt, stand regungslos neben der Gruft und schaute zum Vollmond hinauf. Kai wagte kaum zu atmen. In der Stille des Waldes schien jeder Atemzug so laut wie ein Schrei. Dann schob sich plötzlich ein knöcherner Arm aus der Gruft. Die langen Finger tasteten nach der Grabplatte und schoben sie zitternd beiseite – *Kchrrrrr* –, bis sie mit einem dumpfen Schlag zu Boden fiel. Kai schluckte. Am liebsten wäre er davongerannt, doch er verharrte starr vor Angst in seinem Versteck hinter der Tanne.

Dem Arm folgte ein Kopf und schließlich entstieg der Gruft lautlos eine zweite Gestalt. Schwungvoll warf sie ihren schwarzen Umhang über die Schultern und zupfte sich mit ihren dürren Fingern die strubbeligen, pechschwarzen Haare zurecht. Mit leichtem Schritt gesellte sie sich zu der anderen

Gestalt. Die beiden standen still und schweigsam nebeneinander wie die marmornen Engelsfiguren auf den großen Säulen und blickten zum Mond empor. Die Nebelschwaden umspielten ihre Füße und bald hatten die feinen, weißen Schleier ihre Beine verschluckt, sodass es aussah, als würden sie über dem Boden schweben.

Der Nebel kroch langsam über den Friedhof, zwängte sich durch den Eisenzaun und bewegte sich auf Kais Versteck zu. Zu Kais Angst gesellte sich nun auch Neugier. Er hätte gern gewusst, wer diese Gestalten waren und was sie hier auf dem Friedhof zu suchen hatten. Kai zuckte zusammen als hinter der Gruft eine zierliche, ebenfalls vollständig in Schwarz gekleidete Gestalt hervorkam und zu den anderen beiden hinüberstürmte.

Das wirre schwarze Haar flog ihr um den Kopf und ihre kleinen Füße wirbelten die Nebelschwaden durcheinander. Kurz darauf drang aufgeregtes Stimmengewirr von der Gruft herüber. Kais Gedanken schlugen Purzelbäume. Was, wenn die kleine Gestalt ihn hinter seiner Tanne entdeckt hatte? Wer so aussah, konnte nicht freundlich sein, oder? Allein hätte er jedenfalls keine Chance gegen sie …

Kai schüttelte sich. Er dachte an die langen Finger, die sich eben aus der Gruft herausgetastet hatten, und er stellte sich vor, wie sie immer näher kamen ... immer näher an seinen Hals ... wie scharfe Fingernägel seine Haut berührten und sich in sein Fleisch schnitten ... wie die Hände seinen Hals umfassten ... und schließlich fest zudrückten ... Nein, er durfte nicht an so etwas denken!

Himbeereis ... Schokokuchen ... das Marzipanbrot. Ja, das war schon besser. Vanillekekse ... Gummibärchen ... mmmh, Mohrenköpfe ... weiße Schokolade ... Lakritzstangen ... der Apfelstrudel von Sandras Mutter ... Schokoladen-Finger ... Finger! Scharfe Nägel, die in sein Fleisch schnitten ... Oh nein!

Da waren sie wieder, diese scheußlichen Bilder! Und genau in diesem Augenblick knallte etwas gegen Kais Kopf. Er spürte einen stechenden Schmerz, als bohrten sich Krallen in seine Kopfhaut. Es zog und zerrte an seinen Haaren. Irgendetwas schlug ihm immer wieder ins Gesicht und Kais Schreie zerrissen die abendliche Stille. Er schlug wild um sich und hörte nicht, dass jemand „Gundula, Gundula!“ rief. Er bekam etwas zu fassen, was sich wie Leder anfühlte, packte zu und zog, so fest er konnte. Doch je mehr er zog, desto stärker schien sich das Ding auf seinem Kopf festzukrallen.

Die Schmerzen waren unerträglich. Kai schrie,

packte noch kräftiger zu und mit einem letzten heftigen Ruck riss er das Ding aus seinen Haaren. In seiner Hand flatterte – eine Fledermaus. Sie stieß schrille Laute aus und versuchte, ihren rechten Flügel frei zu bekommen. Doch Kai hielt ihn fest. In ihren Krallen bemerkte er ein Büschel seiner Haare. Plötzlich jedoch ließ die Fledermaus es los, umklammerte stattdessen seine Hand und schlug ihre scharfen Zähne in seinen Daumen. Kai brüllte auf vor Schmerz. Er schüttelte das Tier von seiner Hand, sodass es in hohem Bogen durch die Luft gewirbelt wurde und es gerade noch rechtzeitig schaffte, seine Flügel auszubreiten, bevor es gegen den nächsten Baum klatschte. Im Zickzackkurs flatterte die Fledermaus davon. Kai befühlte die Stelle auf seinem Kopf, an der ihm das Biest ein Büschel Haare herausgerissen hatte. Sie tat höllisch weh.

„Wen haben wir denn da?“

Kai zuckte zusammen. Die Gestalten mussten seinen Schrei gehört haben. Er hatte sich verraten! Vorsichtig spähte er zur Gruft hinüber. Die größere Gestalt war etwas nähergekommen und stand nun am Eisenzaun. Ihr Blick war starr auf die Gruppe von Tannenbäumen gerichtet, hinter der Kais Versteck lag. Sie streckte einen Arm aus und deutete mit ihrem langen, dürren Zeigefinger auf Kai.

„Ja, dich meine ich“, schnarrte sie mit einer Grabesstimme, die aus den tiefsten Tiefen der Erde zu kommen schien. „Ungebetener Besuch zu so früher Stunde!“ Sie lachte ein tiefes, kehliges Lachen.

Kai schnürte es die Kehle zu. Sein Herz pochte so heftig, dass er das Gefühl hatte, es müsste gleich zerspringen.

„Willst du nicht ein wenig zu uns herüberkommen?“ Die Stimme klang seltsam unheimlich. Eine der anderen beiden Gestalten lief aufgeregt um die Gruft herum und sprang hin und her. Sie murmelte etwas vor sich hin, was Kai nicht verstehen konnte, und begann zu lachen. Erst lachte sie leise, doch dann wurde ihr Lachen immer lauter, bis es sich schließlich in ein heiseres Fauchen verwandelte, das gar nicht recht zu dem kleinen Körper passen wollte. Sie sprang auf das Grabmal, legte den Kopf in den Nacken und fauchte den Vollmond an.

Chrrrrra! Chrrrrra!

Und immer wieder:

Chrrrrra! Chrrrrra!

So etwas Schreckliches hatte Kai noch nie gehört. Die röchelnden und zischenden Laute brannten sich in sein Gehör und hallten in seinem Kopf wider. Er presste beide Hände fest gegen die Ohren. Weg hier! Nur weg!, rief eine Stimme in ihm, und so schnell er konnte, brach er hinter den Tannen hervor und raste in den Wald hinein. Er wühlte sich durch das dichte Gestrüpp, stolperte immer wieder über Baumstümpfe und sprang über dornige Sträucher. Fast hätte er dabei einen kleinen Tümpel übersehen.

Mittlerweile war es so dunkel geworden, dass Kai kaum noch etwas erkennen konnte. Das Licht des Vollmonds drang nur spärlich durch das dichte Blätterdach der Bäume. Von einer Böschung sprang Kai auf den breiten Weg, der zur Wiese bei Felix' Haus führte. Plötzlich peitschte ihm ein dünner Zweig ins Gesicht. Sofort begann seine rechte Gesichtshälfte teuflisch zu schmerzen und sein Auge fing an zu tränen. Trotzdem rannte er weiter, so schnell er nur konnte.

Gleich … gleich war er da. Er konnte durch die Bäume bereits die Lichter von Felix' Straße sehen. Schon verließ er den Wald und rannte nun durch tiefes Gras. Schließlich hielt Kai inne, um zu verschnaufen. Er hatte es geschafft, er war aus dem Wald heraus, weit weg vom Friedhof. Und er schwor sich, nie wieder dorthin zurückzukehren, was immer auch geschehen mochte.

Die Verletzung schmerzte immer noch sehr. Er hob eine Hand und wischte sich die Tränen ab. Doch spürte er noch eine andere Flüssigkeit – Blut!

Kai blickte auf die dunkle Flüssigkeit an seiner Hand. Er befühlte die rechte Gesichtshälfte und ertastete unterhalb des Auges eine kleine Wunde, die von dem Zweig stammte.

„Na super“, murmelte Kai. Er wischte das Blut an einem großen Blatt ab. Dann atmete er tief durch. Seine Beine zitterten immer noch, als er den Weg über das feuchte Gras fortsetzte. Die ersten Straßenlaternen aus Felix’ Straße blinkten ihm bereits freundlich entgegen. Gleich war er wieder auf der Party und dort würde er eine Menge zu erzählen haben. Ob die anderen ihm seine Geschichte überhaupt glauben würden?

„Einen wunderschönen guten Abend!“, ertönte auf einmal eine heisere Stimme neben ihm. Kai fuhr erschrocken herum und blickte in das kreidebleiche Gesicht der größeren Gestalt vom Friedhof. Blutunterlaufene Augen funkelten ihn an. „Es ist nicht gerade sehr höflich, einfach davonzulaufen, oder?“, krächzte die Gestalt und schnalzte dabei mit der Zunge. Kai hörte heiseres Gelächter hinter sich. Er wirbelte herum. Dort stand eine weitere Gestalt und zupfte belustigt an einer pechschwarzen Haarsträhne herum.

„Bist du taub oder was?“, fauchte ihn der Hagere an und packte ihn so fest an der Schulter, dass es schmerzte. „Du könntest dich ja wenigstens für dein schlechtes Benehmen entschuldigen!“ Wieder ertönte das schreckliche Kichern.

„I... I... Ich ...“ Kai taumelte. Ihm wurde schlecht und alles um ihn herum begann sich zu drehen, schneller und immer schneller, wie in einem bösen Traum.

„Dir hat es wohl die Sprache verschlagen, wie?“ Die Gestalt schob ihr bleiches Gesicht ganz nah an Kai heran und er sah die zuckenden Bewegungen des Mundes, als sie mit ihm sprach. Ein fürchterlich fauliger Geruch drang aus ihrem Rachen. Dann verzog sie ihren breiten Mund zu einem hämischen Grinsen.

Kai brach der Angstschweiß aus, er rann über seine kleine Wunde, vermischte sich mit dem dunklen Blut und lief als kleines Rinnsal die Wange herunter. Er zitterte am ganzen Leib und starrte mit weit aufgerissenen Augen auf die beiden schwarzen Gestalten. Ein ekelhaft stechender Geruch ging von ihnen aus. Sie rochen so modrig und faulig, als wucherten stinkende Pilze auf ihnen. Der beißende Gestank schnürte ihm die Kehle zu. Er glaubte, gleich ohnmächtig zu werden und schnappte nach Luft.

„Er gehört dir“, sagte die größere Gestalt und drehte Kai mit einem Ruck um.

„Was wolltest du überhaupt bei uns?“, donnerte die kleinere Gestalt und betrachtete die Blutspuren auf Kais Wange. Seine Augen bekamen dabei urplötzlich einen fiebrigen Glanz und die Pupillen weiteten sich. Die Gestalt öffnete ihren Mund und leckte sich gierig über die Lippen. Dabei sah Kai zwei messerscharfe Eckzähne im bleichen Vollmondlicht aufblitzen. Entsetzt stierte er auf den grässlichen Mund und die langen Zähne, die immer näher kamen. Er hörte noch das schrille Kreischen der anderen Gestalt und seinen eigenen verzweifelten Schrei, dann wurde es schwarz um ihn …

DER KLEINE FLECK

„Da bist du ja endlich! Wo warst du denn die ganze Zeit? Wir wollten gerade losgehen und dich suchen“, sagte Felix’ Mutter, die gar nicht erst versuchte, den Unmut in ihrer Stimme zu unterdrücken. „Na ja, nun komm erst mal rein.“ Sie wich einen Schritt beiseite und Kai trat in die geräumige Diele. Ihm war elend zumute. Er fühlte sich schlapp und kraftlos.

Unversehens packte sie ihn fest am Arm.

„Was ist das denn?“, rief sie erschrocken und deutete auf seine rechte Wange.

„I… I… Ich bin …“ Doch weiter kam Kai nicht.

„Hast du dich geprügelt?“ Sie musterte ihn scharf. „Kai Flammersfeld! Sag mir die Wahrheit!“ Sie kramte ein Taschentuch aus ihrer Handtasche, befeuchtete es mit ihrer Zunge, und noch bevor Kai zurückweichen konnte, wischte sie damit das getrocknete Blut von seiner Schläfe. Kai wandte sich angewidert ab.

„Aber Frau Schlinghahn, ich habe …“ Wieder wurde er unterbrochen.

„Mein Gott, Junge, du bist ja ganz blass!“ Aller Ärger war aus ihrer Stimme verschwunden. „Ist dir schlecht?“, fragte sie mitleidig und musterte ihn besorgt.

„Nein, nein“, log Kai und sah endlich eine Chance, Frau Schlinghahn zu entkommen und zu Felix’ Zimmer vorzudringen. „Ich bin nur etwas müde. Ich geh jetzt zu den anderen.“ Er versuchte, an Felix’ Mutter vorbeizuschlüpfen.

„Moment noch, junger Mann!“, rief sie und baute sich vor ihm auf. „Zuerst wüsste ich noch gerne, wo du die ganze Zeit über gesteckt hast. Schließlich ist es jetzt halb neun, die anderen waren schon um halb acht da, wie ausgemacht!“ Die letzten Worte betonte sie besonders stark.

Kai zuckte zusammen. War er so lange weg gewesen? Er schaute auf seine Armbanduhr. Und tatsächlich – es war schon halb neun.

„Nun?“ Ungeduldig tippte sie mit ihrem linken Fuß auf den Boden. „Ich warte!“ Was sollte Kai ihr nur erzählen? Sosehr er sich auch anstrengte, er

konnte sich an fast nichts mehr von dem erinnern, was in den letzten Stunden geschehen war.

Er war eben auf der Wiese vor Felix’ Haus aufgewacht. Aber warum er dort im Gras gelegen hatte, wusste er nicht. Er hatte Wunden an Hals und Wange, aber auch dafür hatte er keine Erklärung. Einzelne Bilder tauchten vor seinem inneren Auge auf: der alte Friedhof, die halb verfallene Gruft mit den Wasserspeiern, und dann waren da noch diese seltsamen schwarzen Gestalten gewesen. Bei dem Gedanken an sie überkam Kai ein beklemmendes Gefühl. Er wusste nicht mal mehr genau, wie sie ausgesehen hatten. Er sah nur Bilder von schwarzen Umhängen und blasser Haut vor sich. Aber irgendwie war er sich sicher, dass diese Gestalten nichts Gutes bedeuteten ... Ihn fröstelte.

Frau Schlinghahn beugte sich zu ihm herab. Doch als Kai ihr großes, rundes Gesicht so dicht vor sich sah, schrie er auf. Ihre helle Haut, dieser riesige Mund! Sie sagte irgendetwas, was klang wie: „Du kommst erst an mir vorbei, wenn ich weiß, was du die ganze Zeit getrieben hast.“ Aber er konnte den Sinn ihrer Worte nicht verstehen. Er konnte nur auf ihren Mund starren, sah nur diese roten Lippen, die irgendwelche Laute formten und zu zucken schienen ... Er wich zurück.

„Jaja ... ist ja schon gut!“, sagte Frau Schlinghahn beleidigt und drehte sich um. „Wenn du nicht willst, dann lass es eben. Aber ich werde deiner

Mutter Bescheid sagen, darauf kannst du dich verlassen!" Sie ging zum anderen Ende der Diele und verschwand in der Küche. „Die anderen spielen noch Monopoly in Felix' Zimmer. Aber um neun ist Schluss!", donnerte sie und mit einem lauten Knall fiel die Küchentür ins Schloss.

Tobias hatte gerade ein Hotel auf der „Parkstraße" gebaut, als Kai ins Zimmer trat.

„Mann, da bist du ja endlich!" Felix sprang vom Boden auf und ging auf Kai zu. „Du bist aber spät dran. Wir haben dir dein Marzipanbrot aufgehoben. Lust auf Monopoly?"

„Nein, ich muss mich erst mal setzen." Kai ließ sich auf das Bett fallen.

„Was war denn los?", fragte Sven, der gerade sein Spielgeld zählte. „Wir dachten schon, du wärst verschollen." Kai überhörte diese Frage. „Wo ist denn Sandra?" Er musste ihr unbedingt von seinem seltsamen Erlebnis erzählen.

„Die wurde schon vor einer halben Stunde abgeholt", sagte Frank, nahm einen großen Schluck Cola und grinste Kai breit an.

„Is was?"

Frank schenkte sich nach und säuselte: „Wohl heimlich mit deinem Schwarm getroffen, was?" Er deutete auf Kais Hals. Die anderen rutschten näher und starrten neugierig auf die Stelle, auf die Frank zeigte. Tobias brach in schallendes Gelächter aus.

„Was soll das denn jetzt?" Dummes Gekicher war das Letzte, was Kai im Moment brauchen konnte.

„Geh mal ins Bad und schau dich im Spiegel an", prustete Felix und hielt sich den Bauch vor Lachen. Beleidigt stapfte Kai aus dem Zimmer. Im Flur blieb er kurz stehen und blickte sich um. Er wollte auf gar keinen Fall Frau Schlinghahn begegnen. Sie war bestimmt noch wütend auf ihn und würde sicherlich wieder anfangen, Fragen zu stellen ... Er huschte ins Bad und drehte sicherheitshalber zweimal den Schlüssel im Schloss herum.

Dann schaute Kai in den großen Wandspiegel – und erschrak fürchterlich! Auf der rechten Seite seines Halses befand sich eine Stelle, an der die Haut etwas angeschwollen und dunkelrot angelaufen war. Er ging näher an den Spiegel heran. Auf der Schwellung prangten zwei kleine rote Punkte. Er ging noch näher an den Spiegel und betrachtete sie genauer. Nein, es waren keine Punkte, es waren Löcher. Richtige Löcher! Vorsichtig betastete Kai die Einstiche mit seinem Zeigefinger. „Aua!", zischte er und zuckte zurück. Eine böse Vorahnung befiel ihn. Diese Stiche mussten etwas mit seinem Friedhofserlebnis zu tun haben. Sollte ihn etwa ... nein, das konnte nicht sein. Oder hatte ihn die Fledermaus nicht nur in den Daumen, sondern auch in den Hals gebissen?

„Kai?“

Stumm starrte er auf die kleinen Löcher. Sie bargen ein unheilvolles Geheimnis, das fühlte er. Welches das war, konnte er sich noch nicht erklären. Aber ein scheußliches Gefühl machte sich in ihm breit. Irgendwie ahnte er, dass die Sache mit dem Friedhof und den dunklen Gestalten noch nicht zu Ende war …

„Kai? Bist du da drin?“

Die Stimme von Frau Schlinghahn riss ihn aus seinen Gedanken.

„Es ist gleich neun. Ich fahr euch jetzt nach Hause. Also beeil dich!“ Sie schien nicht mehr wütend auf ihn zu sein. Ihre Stimme war ruhig und freundlich. Kai schlug den Kragen seines Polohemds hoch und versicherte sich mit einem letzten Blick in den Spiegel, dass die Wunde nun nicht mehr zu sehen war. Dann schloss er die Tür auf.

Draußen wartete Felix' Mutter schon mit seinem Anorak.

Heisse Milch mit Honig – 1. Tag nach dem Biss

„Guten Morgen, du Langschläfer!" Wie aus weiter Ferne hörte er die Stimme seiner Mutter. Sie ging zum Fenster und öffnete es. „Es ist ein herrlicher Tag. Viel zu schade, um die ganze Zeit faul im Bett zu liegen!" Kai brummte etwas Unverständliches vor sich hin und drehte sich um. Dass Eltern morgens immer so viel reden mussten! Und außerdem … Es waren Ferien!

„Steh jetzt auf. Papi hat Brötchen besorgt. Es gibt in einer Viertelstunde Frühstück." Mit diesen Worten ging sie aus dem Zimmer und warf die Tür mit einem Knall zu. Kai erschrak so sehr, dass er aufrecht im Bett saß. Draußen konnte er seine Mutter lachen hören. „Wieso muss ausgerechnet ich Eltern haben, die beide Lehrer sind? Sonst wärt ihr schon längst bei der Arbeit und ich hätte meine Ruhe!" Er rief so laut, dass es seine Mutter im Flur hören musste. Aber sie lachte nur noch lauter. Dabei ärgerte es ihn wirklich manchmal, dass seine Eltern immer mit ihm zusammen Ferien hatten.

Er stand auf und ging zum Kleiderschrank in der anderen Ecke des Zimmers. Quietschend öffneten sich die Türen und er stand vor einem heillosen Chaos – seinen Klamotten. Pullover, Jeans, T-Shirts, Socken – alles lag wild durcheinander. Wie oft schon hatte sich seine Mutter darüber aufgeregt, wenn sie Ordnung in den Schrank gebracht hatte und er dann alles wieder „umsortierte".

Aber wie sollte sie auch sein Spezial-Ordnungssystem verstehen? Das konnte man von einer Mutter beim besten Willen nicht erwarten! Er verteilte seine Kleider immer auf die verschiedenen Fächer. Seine Lieblingssachen legte er ganz obenauf, darunter die, die er noch anziehen konnte, wenn keine guten Sachen mehr da waren und so weiter. In das unterste Fach stopfte er die Dinge, die er überhaupt nicht mochte. Meist handelte es sich dabei um Geschenke von irgendwelchen Verwandten, die er ohnehin nur einmal im Jahr sah. Da war zum Beispiel das Hemd von Tante Waltraut, das aus einem Stapel herausschaute. Es war knallgelb! Abscheulich!

Dabei wusste sie genau, dass seine Lieblingsfarbe Schwarz war. Er nahm ein T-Shirt aus dem obersten Fach und streifte es über. Dann warf er noch einen flüchtigen Blick in den Wandspiegel und strich sich mit der Hand durch die blonden Haare.

Als er ins Esszimmer trat, saßen seine Eltern schon am Tisch. Es duftete nach Kaffee und frischen Brötchen. „Na endlich!“, rief sein Vater und biss in sein Marmeladenbrötchen. Kai setzte sich und schaute auf all die feinen Sachen, die seine Eltern aufgetischt hatten. Seine Mutter goss ihm sein Lieblingsgetränk ein: heiße Milch mit Honig. Doch als Kai den weißen Milchstrahl sah, der in die Tasse floss und hörte, wie sein Vater abermals genussvoll in sein Brötchen biss, wurde ihm mit einem Mal übel. Sein Magen schnürte sich zusammen.

„Was ist denn?“, fragte seine Mutter. „Warum guckst du so seltsam?“

„Ach nichts“, antwortete Kai schwach und versuchte, sich nichts anmerken zu lassen. Er kannte seine Mutter nur zu gut. Sie würde ihn bestimmt darüber ausfragen, was es gestern zu essen gegeben hatte, und nicht eher aufhören, bis sie wusste, warum ihm so schlecht war. Wenn sie erfahren würde, dass er sich bei der Party den Bauch mit Marzipantorte und Schokoeis vollgeschlagen hatte …

„Wann bist du denn gestern nach Hause gekommen?“, wollte sein Vater wissen und riss ihn damit aus den Gedanken. Seine Eltern waren bis spät in der Nacht auf einer Party gewesen, und als sie nach Hause kamen, hatte Kai schon tief und fest geschlafen. Doch Kai kam nicht mehr dazu, ihm zu antworten. Seine Mutter nahm plötzlich sein Kinn und drehte seinen Kopf zu sich hin.

„Was in aller Welt ist denn das?“, rief sie entsetzt und starrte auf Kais Hals.

„W…W…Was meinst du denn?“, stotterte Kai. Er fühlte das Blut in seinen Kopf steigen. Die seltsamen Stiche! Er hatte die Löcher an seinem Hals ganz vergessen!

„Du weißt genau, was ich meine!“, schimpfte seine Mutter und hatte im nächsten Augenblick auch die kleine Wunde an seiner Wange entdeckt. „Hattest du einen Unfall?“ Ihre Stimme wurde ernst. Sie strich mit ihrem Zeigefinger über die Wunde und untersuchte seinen Hals. „Oder hast du dich geprügelt?“

„Was denn, was denn, mein Sohn hat sich geprügelt?“, witzelte Herr Flammersfeld und kam neugierig näher. „Zeig doch mal her!“ Er betrachtete den dunkelroten Fleck an Kais Hals und begann laut zu lachen. „Also, wenn du mich fragst, sieht das eher nach einer Prügelei mit seiner kleinen Freundin aus“, sagte er und bog sich vor Lachen. Kai verdrehte die Augen und fragte sich, ob eigentlich alle das Gleiche dachten, wenn sie seinen Hals sahen.

„Wolfgang, ich bitte dich!“ Kais Mutter warf ihm einen bitterbösen Blick zu.

„Schon gut, schon gut. War ja nur ein Witz. Ich geh mal eben ins Bad und hole eine Wundsalbe.“ Und schon war er im Flur verschwunden.

„Hat dich etwas gestochen?“, fragte seine Mutter und setzte ihre Brille auf, um die Wunde besser untersuchen zu können.

Das war die rettende Idee! „Kann schon sein“, antwortete Kai und bemühte sich, so überzeugend wie möglich zu klingen. „Wir haben im Wald Räuber und Gendarm gespielt.“ Und das war nicht einmal gelogen!

„Und der Kratzer unter deinem Auge?“, forschte Frau Flammersfeld weiter.

„Da ist mir ein Zweig ins Gesicht geknallt“, sagte Kai schnell. Sonst waren Ausreden ja meist mit einer kleinen Notlüge verbunden. Aber diesmal kam er ganz ohne eine List aus.

Sein Vater kam mit einer Salbentube zurück und strich Kai etwas davon auf Wange und Hals.

„Können wir jetzt weiterfrühstücken?“, fragte er dann und setzte sich an seinen Platz. „Mein Kaffee wird sonst kalt.“

Kai blickte auf die bauchige Tasse vor ihm. Der honigsüße Duft der Milch erschien ihm viel stärker als sonst. Normalerweise überstand sein Lieblingsgetränk nie die ersten zehn Minuten des Frühstücks. Aber heute würde er nicht einen Schluck hinunterkriegen. Der Geruch der Milch ekelte ihn geradezu an.

„Willst du denn gar nichts essen?", fragte seine Mutter und schaute Kai besorgt an. „Du siehst überhaupt nicht gut aus, mein Junge. Ganz blass! Hier, iss zumindest einen Toast!" Und schon lag eine goldgelbe Toastscheibe auf seinem Teller. Lustlos klatschte er einen Löffel Erdbeermarmelade darauf, wofür er erzürnte Blicke seiner Mutter erntete. Doch dann überkam ihn ein unwiderstehlicher Drang. Der Drang nach … Fleisch! Nach rotem, saftigem Fleisch. Er ließ seinen Blick über den Frühstückstisch schweifen, bis er den rohen Schinken sah, der auf dem Wurstteller lag. Roher Schinken! Das war jetzt genau das Richtige. Kai konnte ihn förmlich riechen! Er musste ihn haben!

Ohne weiter darüber nachzudenken, krallte er sich einige Schinkenscheiben, legte sie auf den Marmeladentoast und biss gierig hinein. Die erstaunten Blicke seiner Eltern nahm Kai nicht wahr. Der Geschmack des Schinkens war so überwältigend, dass er glaubte, nie etwas Besseres gegessen zu haben. Er vergaß alles um sich herum. Das Einzige, was zählte, war dieser Heißhunger auf Fleisch. Er schluckte die ersten Bissen hastig herunter. Ein wohliges Gefühl durchströmte ihn. Das Fleisch schmeckte so fein und würzig, dass er unbedingt mehr davon wollte. Doch noch bevor er erneut von seinem Toast abbeißen konnte, verspürte er einen fürchterlichen Schmerz im Magen. Wie tausend kleine Nadeln, die in seinem Bauch herumhüpften. Kai stöhnte auf. Dann fühlte er ein Kribbeln. Zuerst war es nur in seinen Armen und kroch ihm in die Brust, aber dann spürte er es auch in den Beinen. Als es seinen Magen erreicht hatte, durchfuhr Kai ein so heftiger Schmerz, dass er sich krümmte. Sein Magen fühlte sich an, als drehte und wendete er sich wild hin und her. Schließlich knurrte er so laut, dass es auch Kais Eltern hörten. Im nächsten Augenblick sauste Kai ins Badezimmer …

„Was hast du nur?“, fragte seine Mutter entsetzt, als er aus dem Badezimmer zurückkam. „Wolfgang, schau doch mal. Ganz krank sieht er aus. Und fürchterlich blass.“ Sie sah zu Kais Vater an das andere Ende des Tisches hinüber. Doch der zuckte nur mit den Schultern und sah Kai durchdringend an. Für eine kurze Weile schien es, als sei er tief in Gedanken versunken. Kai hatte das Gefühl, er wäre irgendwie niedergeschlagen. Dann ging ein Ruck durch seinen Körper. „Meinst du, wir sollten es lassen?“, fragte er plötzlich.

„Lassen? Was lassen?“ Kai setzte sich wieder auf seinen Platz. Eigentlich interessierte es ihn überhaupt nicht, was sein Vater damit meinte. Aber es war eine gute Gelegenheit, von dem abzulenken, was gerade geschehen war und wofür er keinerlei Erklärung hatte. Seine Eltern allerdings, da war er sich sicher, würden genau das von ihm verlangen: eine Erklärung. Doch was sollte er ihnen sagen? Er wusste selbst nicht, was mit ihm los war. Einen solchen Heißhunger auf Fleisch hatte er noch nie verspürt. Jetzt, im Nachhinein, schüttelte sich Kai bei der Vorstellung, dass Marmelade unter dem Schinken gewesen war. Kein Wunder, dass er ins Bad hatte rennen müssen.

„Also …“ Kais Vater räusperte sich und wechselte hilflose Blicke mit seiner Frau. „Also … Kai, deine Mutter und ich … Na, du weißt ja, dass wir in letzter Zeit wahnsinnig viel Stress in der Schule hatten. Und da haben wir uns überlegt, mal für eine Woche wegzufahren.“

Kai schaute seinen Vater überrascht an. Wegfahren? Davon hatten ihm seine Eltern ja noch gar nichts erzählt. Und obwohl er für sein Leben gern verreiste, war es diesmal anders. Alles in ihm, jede Faser seines Körpers, schien sich gegen diese Idee zu sträuben. Es war, als ob eine kleine Stimme in seinem Kopf flüsterte: Nein, du kannst nicht verreisen. Nicht jetzt …

„Nun“, fuhr seine Mutter fort, „es ist so: Dein Vater und ich würden gern eine Woche allein an der See verbringen. Was sagst du dazu? Wärst du sehr traurig, wenn du solange bei Oma bleiben müsstest?“

„Nein!“, rief Kai. „Nein, das macht gar nichts“, hörte er sich wie aus weiter Ferne sagen. Ihm war, als hätte er diesen Satz nicht aus freien Stücken gesagt, sondern eine Stimme in seinem Kopf hätte ihn dazu gebracht. Er überlegte kurz und grinste. Es machte ihm wirklich nichts aus. Er würde auch Urlaub machen – Urlaub von seinen Eltern. Mit seiner Oma verstand er sich prächtig. Und das Beste war: Er würde jeden Morgen so lange schlafen können, wie er wollte. Wenn das kein guter Start in die Ferien war!

BESUCH BEI DER ALTEN DAME – 2. TAG

Als Kai den Kopf am nächsten Morgen durch die Küchentür steckte, knetete seine Oma gerade einen geheimnisvollen gelblichen Teig. Das Rezept hatte sie aus einem ihrer uralten Bücher herausgesucht. Was genau sie da zusammenrührte, hatte sie Kai nicht verraten wollen. „Es ist ein Geheimnis, wart's ab!“, hatte sie nur gesagt.

Eigentlich sah sie ein wenig aus wie eine Hexe, fand Kai. Wie sie sich so mit ihren langen grauen Haaren und ihrem schwarzen Kleid über die Rührschüssel beugte, ab und zu in ihr großes Buch blickte und immer wieder neue Zutaten in den Teig warf … Es fehlte nur noch der Zauberstab. Aber dafür hatte sie ja den Rührbesen in der Hand, mit dem sie wild in der Schüssel herumwirbelte.

Dann sieht sie eben aus wie eine moderne Hexe, dachte Kai und war wieder einmal von seiner Oma begeistert. Keiner seiner Freunde hatte eine so ungewöhnliche Großmutter wie er. Und ungewöhnlich, ja, das war sie wirklich! An der Universität hatte sie Vampirologie studiert und dabei alles Wichtige über Vampire gelernt. Sie war sozusagen eine richtige Vampirexpertin. Für Kais Eltern war sie eine „wirklich liebe, aber wahnsinnig verschrobene alte Dame“, wie sie immer zu sagen pflegten. Nicht etwa, dass sich die beiden an ihrer Vorliebe für schwarze Kleidung störten, nein, das bestimmt nicht. Aber dass sie sich so gar nicht wie eine richtige Oma benehmen wollte, fanden Kais Eltern schon etwas sonderbar.

Sie wohnte nicht weit von Sandra entfernt in einem kleinen, verwinkelten Haus am Waldrand, das ganz aus Holz gebaut war. In ihrem großen Garten lag hinter drei Eichen ein kleiner See, in dem sie jeden Tag ein paar Runden schwimmen ging. Jeden Tag! Das heißt, von Dezember bis Februar ging sie zum Schwimmen lieber ins Hallenbad. Aber nicht etwa, weil ihr das Wasser dann zu kalt wurde, sondern weil der See in dieser Zeit oft gefroren war. Langweilig war es ihr so gut wie nie. Jeden Donnerstag zum Beispiel düste sie auf ihrem Mofa zum Karatekurs und freitags traf sie sich immer mit ihren Freundinnen bei einem alten, kleinen Mönch aus Asien, um Tibetisch zu lernen. Und wenn ihr die Zeit doch einmal lang wurde, dann sammelte sie Kräuter und bereitete nach alten Rezepten, die sie aus noch älteren Büchern hatte, Salben, Tinkturen und andere Dinge zu, die man immer mal gebrauchen konnte. Für Kai war sie die ungewöhnlichste Oma, die es auf der ganzen Welt gab – und er war mächtig stolz auf sie.

„Dauert's noch lange?“, fragte er neugierig.

„Nein, nein“, antwortete seine Oma, ohne von ihrer Rührschüssel aufzuschauen. Doch es dauerte noch lange. Sehr lange! Den ganzen Tag verbrachte sie in der Küche.

Als die Sonne bereits untergegangen war, ging Kai ins Wohnzimmer und nahm eines der verstaubten Bücher aus dem Regal. „Berühmte Vampire der Geschichte – von Balthasar Blasius“ stand in goldenen Lettern auf dem schweren Ledereinband. Das war genau das Richtige zum Schmökern. Er klemmte sich den Wälzer unter den Arm und stiefelte die zwei Treppen zu seinem Zimmer hinauf. Es lag direkt unter dem Dach und hatte einen Erker mit einer Fensterbank, die so groß war, dass man es sich darauf unglaublich gemütlich machen konnte. Und genau das hatte Kai vor. Er legte eine Wolldecke auf die Sitzfläche, eine andere um die Schultern und setzte sich im Schneidersitz auf die Fensterbank.

Neben ihm brannte ein schwaches Licht und der Vollmond schien in das Zimmer.

Kai öffnete das Buch. Auf der ersten Seite stand: „Die Welt hat viele berühmte Persönlichkeiten gesehen, die Vampire waren. Julius Cäsar zum Beispiel, Klaus Störtebeker (siehe Kapitel 2.4 über die seltene Art der zur See fahrenden Vampire), Robin Hood oder Walt Disney." Kai schmunzelte, zog die Decke fester um seinen Körper und blickte vom Buch auf. Es war kalt im Zimmer. Der Nachtwind spielte mit der Gardine an der Balkontür. Der hauchdünne Stoff drehte und wendete sich, plusterte sich auf, um dann wieder in sich zusammenzufallen. Kai schaute diesem Spiel einige Zeit zu.

Dann erst fiel es ihm auf. Hatte er die Balkontür vorhin nicht zugemacht? Doch, er war sich ganz sicher. Wieso stand sie jetzt offen? Seine Großmutter war sicherlich nicht hier oben gewesen, er hatte sie die ganze Zeit in der Küche gehört, während er im Wohnzimmer saß. Einbrecher!, schoss es ihm durch den Kopf und er schluckte. Er ließ seinen Blick durch das Zimmer schweifen. Der Schrank gegenüber war geschlossen. Das Bett daneben war noch genauso zerwühlt, wie er es heute Morgen verlassen hatte. Kai klappte das Buch zu und legte es beiseite. Er glitt von der Fensterbank hinunter, und obwohl er wusste, dass es ein seltsamer Gedanke war, schaute er kurz unter das Bett. Dort war genau, was er erwartet hatte: Nichts! So ging er kurzerhand zum Balkon, machte die Tür zu und versicherte sich, dass sie auch wirklich fest verschlossen war. Als er sich wieder umdrehte, blieb er wie angewurzelt stehen und starrte überrascht auf das Bett. Auf seinem Kopfkissen lag ein Briefumschlag. Er war aus rotem Samt, um den eine schwarze Schleife gebunden war.

Kai nahm den Umschlag und drehte ihn in den Händen. Ob das eine Überraschung seiner Oma war? Vielleicht war sie ja doch in seinem Zimmer gewesen und er hatte es nicht bemerkt? Mich mit der offenen Balkontür zu erschrecken, das würde schon zu ihr passen, dachte Kai.

Manchmal hatte seine Oma eine etwas ungewöhnliche Art, Geschenke zu machen. So wie damals bei Tante Hedwigs fünfundsechzigstem Geburtstag, als sie ihr eine Reise auf Graf Draculas Spuren nach Transsylvanien geschenkt hatte. Den Gutschein dafür hatte sie in einem großen Lebkuchenmann versteckt, der aussah wie ein Vampir.

Den hatte sie dann in einen echten pechschwarzen Sarg gelegt. Tante Hedwig wäre vor Schreck beinahe gestorben, als plötzlich vier schwarz gekleidete Gestalten mit lodernden Fackeln auf ihrer Gartenparty erschienen und den Sarg ablieferten. Seine Oma allerdings fand diesen Auftritt todschick und dem Anlass angemessen.

Kai musste schmunzeln, als er an diese Geschichte dachte. Dann löste er die Schleife und öffnete den Umschlag. Neugierig holte er eine Karte heraus und schlug sie auf. Nein, das hatte sicher nicht seine Oma geschrieben. Diese Handschrift hatte er noch nie gesehen. Die Buchstaben waren großzügig und sehr schwungvoll auf das Papier gesetzt worden:

Kai Flammersfeld!
Komm morgen um Mitternacht in den Garten.
Wir warten am Pavillon beim See auf dich.
Komm unbedingt allein!
G., G. und G.

Kai schüttelte den Kopf und grinste, als er die Karte zu Ende gelesen hatte. Beinahe wäre er auf den Trick mit der verstellten Handschrift hereingefallen. So etwas Seltsames konnte sich nur seine Oma ausdenken. G., G. und G. – wer sollte das sein? Er kannte nicht einmal einen Menschen, dessen Name mit „G“ begann. Und außerdem … wer würde sich um Mitternacht an einem See verabreden? Nein, er war sich sicher, dass seine Großmutter irgendetwas ausheckte. Vielleicht damit er sich nicht langweilte? Er steckte die Karte in den Umschlag zurück, trottete aus seinem Zimmer und ging gerade die Treppen hinunter, als es an der Haustür klingelte.

„Ich geh schon." Kai nahm die letzten Stufen mit einem Sprung und landete genau vor der Kommode, die im Flur stand.

„Das nenne ich eine punktgenaue Landung!", lobte seine Oma, die in der Küchentür lehnte. „Hast du geübt?"

Kai ging zur Tür und öffnete sie. Vor ihm stand – Sandra.

„Hallo! Überraschung!", sagte sie und strich sich eine Strähne ihres roten Haares aus dem Gesicht, die der Wind jedoch sogleich wieder zurückwehte. „Deine Oma hat mich eingeladen. Toll, was?" Sie schob sich an Kai vorbei in den Flur und setzte ihre Reisetasche ab. „Mann, siehst du blass aus. Bist du krank?"

„Hallo! Schön, dass du da bist." Kai legte einen Zeigefinger an die Lippen. Seine Oma ritt schon seit seiner Ankunft darauf herum, wie bleich und kränklich er aussah. Dieses Thema wollte er auf keinen Fall noch einmal durchkauen. Sandra verstand sofort und zwinkerte ihm zu.

„Guten Abend, Frau Flammersfeld“, sagte sie und wandte sich Kais Oma zu.

„Immer rein in die gute Stube“, entgegnete sie freundlich und schob Sandra sogleich ins Wohnzimmer. Doch als Kai an ihr vorbeigehen wollte, hielt sie ihn am Arm fest.

„Was ist das?“ Sie zeigte auf den Umschlag, den Kai noch immer in der Hand hielt.

„Wollt ich dich auch gerade fragen.“

„Darf ich mal sehen?“ Ihre Stimme war ruhig, doch sie wirkte irgendwie angespannt.

Kai legte ihr den Brief in die offene Hand. „Den kennst du doch sowieso, oder?“ Er lachte und folgte Sandra ins Wohnzimmer. Die besorgte Miene seiner Oma beim Lesen der Karte sah er nicht mehr. Und während Kai und Sandra es sich im Wohnzimmer gemütlich machten, verschwand die Großmutter unbemerkt in der Küche.

„Kannst du die ganze Woche bleiben?“, fragte Kai.

„Ja. Meinen Eltern kam die Einladung deiner Oma grade recht. Meine Mutter singt diese Woche nämlich an der Oper in Hamburg und mein Vater ist mit seiner Rockband unterwegs.“ Sandra stellte sich vor die Terrassentür und blickte zum Mond hinauf, der das Wohnzimmer erhellte. Kai beneidete Sandra. Ihre Eltern hatten nicht so normale Berufe wie seine und waren oft unterwegs. Außerdem hatte sie unglaublich viele Freiheiten. Sie durfte ins Bett gehen, wann sie wollte. Das würden ihm seine Eltern nie erlauben. „Wenn deine Oma nicht angerufen hätte, dann müsste ich jetzt Tante Ursel ertragen. Das wäre der pure Horror. Bei der darf man nämlich gar nichts."

„Dann können wir endlich unser Baumhaus fertig bauen, oder?" Letzte Woche hatten sie bereits das Holz dafür zugeschnitten und sich im Garten eine Buche ausgesucht, die ihr Baumhaus tragen sollte.

„Meinst du, das geht?", fragte Sandra und drehte sich zu Kai um.

„Wieso?"

„Du siehst wirklich nicht gut aus. Vielleicht wirst du krank."

In diesem Augenblick spürte Kai Wut in sich aufsteigen. „Lasst mich endlich damit in Ruhe!", fauchte er. „Nein, ich bin nicht krank. Ich werde auch nicht krank. Mir geht es gut! Ich fühle mich klasse und es ist alles in Butter!" Die letzten Worte brüllte er beinahe. Feine Äderchen zeichneten sich dabei auf seiner Stirn ab.

„Ist ja gut, ich sage ja schon gar nichts mehr."

Sandra drehte sich wieder um und schaute in den Garten hinaus. In diesem Augenblick wurde die Küchentür mit einem lauten *Rums* geöffnet und Oma Flammersfeld trat in den Essbereich, der sich an das Wohnzimmer anschloss. In ihren Händen hielt sie ein Tablett, auf dem Gläser, eine Flasche und einige Schälchen standen. Der Raum füllte sich sofort mit dem Duft von Honig und Anis. Sie stellte das Tablett auf den Esstisch, zündete einige Kerzen an und winkte Kai und Sandra herbei.

Als Kai an den Tisch trat, sah er, was da so herrlich duftete. Es waren Kekse. Große, runde Kekse. Das also war das Geheimnis, das sie vorhin nicht hatte verraten wollen. Was allerdings an selbst gebackenen Keksen besonders sein sollte, konnte er sich nicht so recht erklären.

Seine Oma nahm nun die Flasche vom Tablett und öffnete sie. Sofort strömte feiner Nebel den verstaubten Flaschenhals hinunter. Sie schenkte jedem etwas von der Flüssigkeit ein. Der rote Saft glitt langsam in die Gläser, es sah beinahe so aus, als würde er hineinschweben.

„Willkommen zum Teufelsmahl für Hexen und Vampire!“, rief Oma Flammersfeld und hielt Kai und Sandra die Gläser entgegen.

„Teufelswas?“, fragte Kai und schaute zu, wie

der weiße Dunst an seiner Hand herunterwaberte und sie umhüllte.

„Teufelsmahl für Hexen und Vampire. Ein langer Name für ein paar Kleinigkeiten. Aber in der Welt der Vampire …“, hier legte sie eine Pause ein und blickte Kai durchdringend an, „… in der Welt der Vampire ist dies ein wichtiges Ritual und wird nur zu bestimmten Anlässen abgehalten.“ Dann hielt sie ihr Glas in die Luft und rief: „Schlukkul!“

„Schlukkul?“, fragte Sandra grinsend.

„Schlukkul!“, wiederholte Kais Oma. „Das ist der alte Trinkspruch der Vampire.“

Sie riefen sich einige Male „Schlukkul“ zu – Kai fragte sich dabei, ob die Vampire wohl noch mehr solch seltsame Wörter hatten –, und noch bevor das Klirren ihrer Kristallgläser verklungen war, nahmen sie einen kräftigen Schluck. Kai schlürfte den Saft durch die Zähne. Er schmeckte nach Feigen und reifen Bananen und es war ein wunderbares Gefühl, als die Flüssigkeit durch seine Kehle rann. Eine wohlige Wärme durchflutete seinen ganzen Körper und er bekam eine Gänsehaut. Schluck um Schluck leerte er sein Glas und ließ sich auch noch den letzten Tropfen genüsslich auf der Zunge zergehen. Ihn überkam ein Gefühl, das er seit gestern Morgen nicht mehr verspürt hatte: Hunger. Wirklichen, echten, großen Hunger! Und als ob Kais Oma seine Gedanken gelesen hätte, hielt sie ihm plötzlich einen Keks vor die Nase.

„Und nun zum Höhepunkt!“, sagte sie. „Transsylvanische Schicksalskekse. Die gehören zu jedem anständigen Teufelsmahl für Hexen und Vampire. Probiert mal! Sie zergehen auf der Zunge.“ Mit einer ausholenden Handbewegung warf sie sich den Schicksalskeks in den Mund. „Lecker, nicht wahr?“

Kai musterte das Plätzchen in seiner Hand. Transsylvanische Schicksalskekse! Was für ein seltsamer Name, dachte er. Und überhaupt ... Kekse isst man doch höchstens nach dem Essen – und nicht vorher. Viel lieber hätte er sich jetzt auf ein saftiges Stück Fleisch gestürzt. Aber er wollte seine Großmutter nicht enttäuschen. Sie hatte schließlich den ganzen Tag in der Küche gestanden, um diese Transsylvanischen Schicksalskekse zu backen. Er blickte zu Sandra herüber. Sie knabberte bereits an ihrem Keks und machte ein Gesicht, als würde er sehr gut schmecken. Kurz entschlossen schob Kai sich den halben Keks in den Mund. Er zerfiel sofort in Tausende feiner Krümel und schmeckte nach Honig und Anis, passend zum Duft, der noch immer das Esszimmer erfüllte.

„Und?“, flüsterte die Oma.

„Ich nehme noch einen.“ Sandra griff in die Schüssel und angelte sich einen weiteren Keks.

„Ich auch.“ Kai fischte sich einen besonders großen heraus und machte sich gar nicht mehr die Mühe abzubeißen, sondern stopfte ihn sich gleich ganz in den Mund.

Und dann geschah es.

Der Schmerz war unbeschreiblich. Er kam einfach über ihn. Seine Augen brannten wie Feuer. Außerdem fühlte sich jeder einzelne Knochen in seinem Körper an, als würde er zerspringen. Er ließ das Glas fallen. Es knallte auf den Boden und zersprang in tausend Scherben. Doch er hörte es gar nicht. Auch die Stimmen von Sandra und seiner Großmutter nahm er nur am Rande wahr. Kai krümmte sich vor Schmerzen. „Hilfe, meine Augen!“, brüllte er und hielt sich die Hände vors Gesicht. Es fühlte sich an, als würde ihm jemand die Augen ausstechen. Am liebsten hätte er sie herausgerissen, so sehr schmerzten sie. Sein Körper bebte und seine Gelenke knirschten bei jeder Bewegung. Kai richtete sich auf und stieß einen unnatürlich klingenden Schrei aus. Er presste die Hände fester vor die Augen, doch es schien, als ginge auf einmal eine gewaltige Hitze von ihnen aus. Ganz so, als hätte er glühende Kohlen in den Augenhöhlen.

Und genauso plötzlich, wie alles begonnen hatte, war es auch wieder vorbei. Mit einem Mal war der Schmerz aus seinen Augen verschwunden. Sein Körper zitterte noch leicht, doch es tat nichts mehr weh. Eine Weile stand er nur regungslos da. Er wartete darauf, dass die Schmerzen zurückkehrten. Doch sie kamen nicht wieder.

Vorsichtig nahm er die Hände vom Gesicht. Er stand nicht mehr am Esstisch, sondern an der Balkontür im Wohnzimmer. Und er war nicht allein. Jemand stützte ihn.

„Geht's wieder?“ Es war Sandras Stimme.

Kai versuchte zu antworten, doch er brachte kein Wort heraus. Sein Mund war fürchterlich trocken. Er nickte und drehte sich langsam zu ihr um. Als sich ihre Blicke trafen, wich Sandra einen Schritt zurück. Entsetzen spiegelte sich in ihrem Gesicht.

„Was?“, hauchte Kai. Seine Stimme klang eigenartig fremd und schwach, als käme sie aus einem tiefen Loch.

Sandra schüttelte nur den Kopf.

„Was?“, wiederholte er.

Seine Großmutter, die die ganze Zeit im Esszimmer gestanden hatte, kam nun zu ihm herüber. Sie strich ihm sanft übers Haar. „Schau selbst, mein Junge“, flüsterte sie und führte ihn vor den Wandspiegel am anderen Ende des Raumes. Als Kai hineinschaute, erstarrte er.

„Oh, mein … Was ist denn das?“ Kai starrte sein Spiegelbild an. Seine Augen, die eigentlich die Farbe von Bernstein hatten, waren auf einmal gelbgrün. Und die Pupillen – Kai ging näher an den Spiegel heran –, die Pupillen waren nicht mehr rund, sondern senkrechte Schlitze, so wie bei Raubkatzen.

„Oma, was ist passiert?“ Kai wurde zuerst heiß, dann eiskalt. Schweiß lief ihm den Rücken hinab. Er schlang die Arme um seine Großmutter und begann zu schluchzen.

„Ist gut … ist gut …“ Die Oma hielt ihren Enkel ganz fest und streichelte ihm übers Haar. „Armer Kai“, flüsterte sie. „Komm, ich werde es dir erklären.“ Sie öffnete die Terrassentür und trat mit Kai ins Freie. Sandra folgte ihnen schweigend und stellte sich neben ihren Freund. „Gibt es irgendetwas, was du uns sagen möchtest? Ist dir in letzter Zeit etwas Seltsames passiert?“, fragte die Oma leise.

Kai blickte sie traurig an. Er musste nicht lange überlegen, um auf diese Frage zu antworten. Mit zittriger Stimme erzählte er ihr, was er von seinem Friedhofserlebnis noch in Erinnerung hatte. Der laue Abendwind trug seine Worte durch die Nacht. Kai erzählte von den Gräbern am Waldfriedhof, von den Furcht einflößenden Schatten der Wasserspeier an den Grüften, von der stummen schwarzen Gestalt, die plötzlich aufgetaucht war. Weitere Bruchstücke fielen ihm ein: Knöchrige Finger schoben eine Grabplatte beiseite. Sie fiel mit einem Knirschen zu Boden. Eine Fledermaus riss ihm büschelweise Haare aus. Er raste durch den Wald bis zur Wiese bei Felix' Haus. Dunkle Gestalten umstellten ihn. Etwas nahm ihm den Atem. Der Gestank faulenden, verrottenden Fleisches, der bleiern in der Luft hing. Zähne. Spitze, scharfe Zähne leuchteten im Mondlicht auf. Und dann ... ein schwarzes Loch.

Kai schwieg und senkte den Blick.

„Das klingt ja fürchterlich", sagte Sandra und legte ihre Hand auf Kais Schulter.

„Es passt alles zusammen. Diese Karte hier ..." Seine Oma kramte den roten Briefumschlag aus der Tasche ihres Kleides hervor. „Wer sind G., G. und G.?"

Kai schaute sie stumm an.

„Ich denke, du ahnst es. Nicht wahr? G., G. und G. sind die dunklen Gestalten vom Friedhof." Sie hielt kurz inne. Dann deutete sie auf den Vollmond. „Kai, dies ist von nun an deine Sonne. Die Nacht wird dein Tag. Du ... du ... du wirst ein Vampir.

Und G., G. und G. sind diejenigen, die dich dazu gemacht haben."

Stille. Unendliche, grausame Stille.

Vampir … Vampir … Dieses Wort hallte in Kais Kopf wider und brannte sich darin ein. Ihm wurde schwindelig. Er hatte nie an Vampire geglaubt. Und doch: Er spürte, dass die Worte seiner Großmutter der Wahrheit entsprachen. Er wusste, dass sie Recht hatte. Eine unbändige Wut raste durch seinen Körper wie ein wildes Tier, das man aus seinem Käfig gelassen hatte. Es fraß sich gierig durch jede Faser, bis in die Fingerspitzen hinein. Er hatte das Gefühl, die Wut würde ihn zerreißen, wenn er sie nicht sofort aus sich herausschreien konnte.

Aber er brachte keinen Ton heraus. Das wilde Tier der Wut sprang plötzlich aus seinem Körper und war verschwunden. Zurück blieb Leere. Eine fürchterliche, tiefe Leere. Schwer und schwarz hing sie in seinem Körper und fletschte ihre Zähne. Kai spürte, wie sich die Kraft aus seinen Gliedern zurückzog. Ein großes, dunkles Loch sog sie in sich auf. Nebel legte sich um seine Gedanken. Er spürte nicht, wie Sandra ihn umarmte und seine Großmutter ihm über die Wange strich.

Vampir … Vampir!

Das Wort schoss ihm wieder und wieder durch

den Kopf. Es schien in ihm zu explodieren und Tausende kleiner Fetzen rieselten durch Kais Gedanken. Auf einmal hatte er wieder den fauligen Geruch der Vampire in der Nase und der Gestank raubte ihm den Atem. Wie ein Fisch, den man aus dem Wasser gezogen hatte, schnappte er nach Luft.

Vampir … Vampir!

Alles drehte sich und ihm war, als falle er in ein tiefes Loch. Je tiefer er fiel, desto dunkler wurde es. Der helle Schein, den er eben noch hatte sehen können, verschwand. Dann wurde es schwarz um ihn.

Als Kai die Augen wieder aufschlug, lag er in eine Decke gehüllt auf der Couch. Sandra und seine Großmutter saßen ihm gegenüber auf den Sesseln.

„Wie lange war ich …?“ Sein Kopf fühlte sich schwer an und er hatte Mühe, einen klaren Gedanken zu fassen.

„Lange!“

„Was ist mit meinen Augen? Sind sie wieder …?“ Kai wollte aufstehen, um zum Wandspiegel zu gehen, doch er schaffte es nicht. Sein Kopf fiel auf das Kissen zurück.

„Bleib ruhig liegen.“ Seine Oma nahm ein Stofftuch und träufelte etwas von einer ihrer Tinkturen darauf. Damit betupfte sie Kais Schläfen. „Du musst dich ausruhen, um wieder zu Kräften zu kommen. Du hast eine schwere Zeit vor dir, mein Junge. Wir müssen morgen Nacht in den Garten."

„Wir?"

„Meinst du, wir lassen dich allein gehen?" Sandra und Großmutter Flammersfeld sahen sich an.

„Aber wenn sie euch auch erwischen …"

„Darüber mach dir mal keine Sorgen! Zufällig kenn ich mich mit Vampiren bestens aus." Seine Oma träufelte abermals Tinktur auf das Tuch.

„Oma?"

„Hm …"

„Die Kekse …"

„Ein Rezept aus längst vergangenen Tagen. Das Teufelsmahl für Hexen und Vampire wurde immer veranstaltet, wenn man wissen wollte, ob sich jemand in einen Vampir verwandeln würde oder nicht. Die Transsylvanischen Schicksalskekse brachten stets Gewissheit. Wenn sich die Augen verändern …"

Kai drehte den Kopf zur Seite. „Wann werde ich … ich meine … wann wird meine … Verwandlung …" Er stockte.

„… abgeschlossen sein?", flüsterte die Oma.

Kai nickte.

„Ich kann es nicht genau sagen. Das ist bei jedem neuen Vam…", hier unterbrach sie sich. „Das ist bei jedem anders", fuhr sie langsam fort. „Manchmal dauert es Tage. Dann wieder Wochen. Du wirst es fühlen, Kai."

„Fühlen … aha …" Kai konnte nicht glauben, dass er jemals wieder etwas empfinden würde. Im Moment fühlte er sich völlig leer.

„Du wirst schon bald den neuen Kai in dir wachsen spüren, mein Junge. Und er wird anders sein als der Kai, den du bisher kanntest."

„Wie?"

Seine Oma schwieg.

„Ich denke, ihr beide solltet jetzt wirklich schlafen. Wir haben morgen einen anstrengenden Tag vor uns." Sie halfen Kai von der Couch auf und brachten ihn nach oben in sein Zimmer.

Als Sandra schon längst eingeschlafen war, lag Kai noch lange wach und dachte nach. Heute hatte sich sein ganzes Leben verändert. Bald würde er nicht mehr der Kai Flammersfeld sein, der er bisher gewesen war. Doch der neue Kai, der Vampir, war noch nicht vollends geboren. Er wuchs erst langsam heran und breitete sich in ihm aus. Aber er würde es ihm nicht leicht machen, das schwor er sich. Er würde um den alten Kai kämpfen, so lange es nur ging. Vielleicht konnte er sich so etwas von ihm bewahren. Er nahm sich fest vor, es zu versuchen. Bei diesem Gedanken durchströmte ihn eine unendliche Traurigkeit und er wünschte sich nichts so sehr auf der Welt, als dass seine Eltern hier wären und ihn fest in ihre Arme schlössen. Mit Tränen in den Augen schlief er schließlich ein, und er bemerkte nicht mehr, dass es silberne Tränen waren, die seine Wangen hinunterliefen.

Praktische Alltagstipps für Vampire – 3. Tag

„Und du meinst wirklich, das ist eine gute Idee?“ Kai blickte auf all die Sachen, die Sandra und seine Großmutter auf dem Esszimmertisch gestapelt hatten: Kreuze, Knoblauch und kleine Fläschchen mit Weihwasser aus der Kirche.

„Wir haben tagsüber alles vorbereitet, während du geschlafen hast“, sagte seine Oma und schaute zu Sandra hinüber, die gerade damit beschäftigt war, ihren Hals mit Knoblauch einzureiben. Seine Großmutter nahm Kais Kopf in ihre warmen, weichen Hände und gab ihm einen liebevollen Kuss auf die Stirn. Zum ersten Mal seit langer Zeit sah er Tränen in ihren Augen.

„Seid ihr fertig?“, rief Sandra da und streifte sich einen schwarzen Pulli über. „Ich glaube, es ist so weit.“ Sie öffnete die Terrassentür im Wohnzimmer und winkte Kai und Oma Flammersfeld heran.

„Du zuerst“, sagte sie mit sanfter Stimme zu Kai.

Sie nahm ihn in den Arm und drückte ihn ganz fest. „Viel Glück. Wir sind ganz in deiner Nähe."

„In den Holunderbüschen", fügte seine Oma hinzu.

Lauer Wind empfing Kai auf der Terrasse. Er hatte sich etwas von dem roten Saft eingeschenkt, der vom Teufelsmahl für Hexen und Vampire übrig geblieben war. Der weiße Nebel, der über den Glasrand quoll, waberte seinen Arm hinunter bis zum Ellenbogen. Seine Hand zitterte leicht, als er das Glas zum Mund führte und einen kräftigen Schluck nahm. Sanft glitt der Saft die Kehle hinunter und wieder breitete sich diese angenehme Wärme in seinem Körper aus. Er bekam eine leichte Gänsehaut.

Kai tat einen Schritt nach vorn und fühlte Sand unter seinen Füßen. Langsam ging er einen schmalen Weg entlang, der sich quer durch den weitläufigen Garten schlängelte und am See endete, genau da, wo der Pavillon stand. Neben einer alten Eiche blieb Kai stehen.

Er blickte auf den See, der ruhig und silbern dalag und in dem sich glitzernd die Sterne und der Vollmond spiegelten. Er schaute zu, wie ein Windhauch die Wasseroberfläche kräuselte und der Mond auf den Wellen schaukelte. Hinter sich konnte er ein Rascheln in den Holunderbüschen

hören. Er war sehr froh, dass er nicht allein hier am Pavillon stehen musste. Er warf einen Blick auf seine Armbanduhr. Es war fast Mitternacht. Sein Herz begann schneller zu schlagen. Gleich. Gleich würden sie kommen. Gleich würde er die treffen, die Schuld an dem ganzen Schlamassel hatten. Am liebsten wäre er davongerannt. Nun waren es nur noch wenige Sekunden … Sein Kopf brummte. Seine Knie wurden butterweich.

„'n Abend", hallte es da auf einmal durch die Stille.

Kai fuhr zusammen.

Oh Gott! Sie sind hier!

Vor lauter Schreck warf er das Glas mit dem roten Saft von sich, das in hohem Bogen durch die Luft flog, mit einem *Platsch* auf dem Wasser aufschlug und dann langsam auf den Grund des Sees trudelte.

„Mein Teufel, ist der schreckhaft! Er ist eindeutig zu schreckhaft", bemerkte die Stimme.

Kai traute sich nicht, sich zu rühren.

„Nun lass ihn doch. Er ist schließlich noch Anfänger", polterte eine andere Stimme.

Kai fuhr herum.

„Hier! Hier oben bin ich", sagte da die Stimme, die ihn eben begrüßt hatte. „Auf dem Pavillon."

Zögernd blickte Kai zum Dach des Pavillons. Dort saß eine dunkle Gestalt im Schneidersitz und zupfte lässig an einer schwarzen Haarsträhne.

„Und ich bin hier, genau über dir, in der alten Eiche“, flötete es über Kais Kopf. Er wich einen Schritt zurück und schaute in die Baumkrone über sich. Dort hockte eine zweite dunkle Gestalt auf einem dicken Ast und ließ die Beine baumeln.

Kai schluckte. Langsam hob er die linke Hand, führte sie an seinen Hals und befühlte vorsichtig die kleinen Löcher. Er fröstelte.

„Ich glaube, er kann nicht sprechen“, sagte die Gestalt auf dem Pavillondach und lachte. Es war ein heiseres Lachen.

Kai nahm all seinen Mut zusammen und tat einen beherzten Schritt auf den Pavillon zu. „I… Ich heiße Kai, Kai Flammersfeld“, sagte er, obwohl er genau wusste, dass die Gestalten seinen Namen bereits kannten. Schließlich hatten sie ihm eine Karte geschrieben.

„Hm, weiß ich schon“, knurrte die Gestalt auf dem Pavillon. Die kleinere Gestalt in der Eiche erhob sich und lief auf ihrem Ast hin und her. Ein schwarzer Umhang, der schon sehr mitgenommen aussah, hing ihr wie Fledermausflügel über die Schultern und reichte bis zu den Füßen.

„Ich bin Gutta. Gutta von Greifendorf. Und der Knurrhahn da drüben ist mein Bruder Gangolf.“ Sie lächelte und Kai sah zwei spitze Eckzähne im fahlen Mondlicht schimmern. Er zuckte zurück. Und als ob Gutta es bemerkt hätte, kniff sie die Lippen zusammen.

„Danke für den ‚Knurrhahn‘, Schwesterherz“, brummte ihr Bruder. Gangolf erhob sich. Erst jetzt konnte Kai erkennen, dass er etwas in seinen Händen hielt, mit dem er herumspielte. Er steckte es in die Tasche seines Umhangs. Dann breitete er die Arme aus, schwebte vom Dach des Pavillons herunter und landete direkt neben Kai. Als er am Boden aufsetzte, ertönte ein leises *Quak* aus seiner Umhangtasche.

„Du darfst ihm seine schlechte Laune nicht übel nehmen“, sagte Gutta und segelte von ihrem Ast herunter. Sie kam genau vor Kai am Boden auf. „Er ist sonst nicht so. Jedenfalls nicht immer.“

„Das liegt nur daran, dass ich heute noch nichts gegessen habe“, fauchte Gangolf und fletschte die Zähne. Doch Kai beachtete ihn nicht. Gerade war etwas Unglaubliches geschehen: Die Vampire waren durch die Luft geflogen. Einfach so, als wäre es das Selbstverständlichste auf der Welt.

„Gerrith, jetzt komm doch endlich mal her!“,

rief Gutta da und blickte zum Pavillon hinüber. Es dauerte einen Moment, bis eine kleine Gestalt hinter dem Pavillon hervorkam. Mit gesenktem Blick schlurfte sie auf die Gruppe am Teich zu und blieb in einigem Abstand stehen.

„Näher!“, befahl Gangolf und die Gestalt tat noch einige zögerliche Schritte in seine Richtung.

„Hallo“, hauchte sie.

„Na also, geht doch“, sagte Gangolf und wuschelte der kleinen Gestalt durchs Haar. „Unser Bruder Gerrith ist ein wenig schüchtern, weißt du.“ Er grinste und zwinkerte Kai zu.

Die drei Vampire standen wie Orgelpfeifen vor Kai. Links von ihm hatte sich der hochgewachsene Gangolf aufgebaut. Er war so hager, dass sein Umhang ganz besonders schlaff an ihm herunterhing. Er hätte sich vermutlich zweimal hineinwickeln können. Seine Haare waren nicht nur zerzaust wie bei seinen Geschwistern, sondern standen so wild vom Kopf ab, als wollten sie in den Nachthimmel wachsen. Alles an Gangolf war dürr und lang. Seine Nase war lang und hatte einen kleinen Höcker obendrauf. Seine Finger waren ebenfalls lang und feingliedrig und schienen wegen der langen Nägel bis zu den Kniekehlen zu reichen. Selbst Gangolfs Füße übertrafen an Größe die seiner Vampirgeschwister.

Neben Gangolf stand Gutta und grinste Kai frech an. Sie hatte ein freundliches Gesicht. Ihr langes Haar hatte sie zu einem Pferdeschwanz zusammengebunden, der fröhlich auf dem Rücken hin- und her baumelte, wenn sie den Kopf bewegte. Alles an ihr war klein und zierlich – so hatte sie zum Beispiel eine kleine Stupsnase – und neben ihrem riesigen Bruder wirkte sie eher schmächtig.

Gerrith stand ganz rechts, neben seiner Schwester. Er war der kleinste der Vampire. Sein Umhang war viel zu groß für ihn. Damit Gerrith nicht über ihn stolperte, war er am Saum umgeschlagen und mit Sicherheitsnadeln festgesteckt. Die Ärmel waren so oft umgekrempelt, dass sie zwei dicke Ballen an seinen Handgelenken bildeten. Fast hätte man glauben mögen, er hätte sich einen Sack übergezogen. Als sich Kais und Gerriths Blicke trafen, schaute Gerrith verschämt zu Boden.

Kai blickte in die bleichen Gesichter der Vampire. Sie sahen so ganz anders aus als vor zwei Tagen am Friedhof. Waren das die fauchenden Gestalten, die er in Erinnerung hatte? Waren das diejenigen, die ihn auf der Wiese umringt und gebissen hatten?

Er konnte es fast nicht glauben. Sie waren so freundlich und lächelten sogar. Eben noch hatten ihm die Knie geschlottert bei dem Gedanken, ihnen zu begegnen. Doch nun war die Angst wie weggeblasen. An ihre Stelle war Neugier getreten. Ja, tief drin war er immer noch wütend, das musste er zugeben. Wütend auf die Vampire, darüber, dass sie ihn zu einem der ihren gemacht hatten. Wütend, weil er nicht der Kai bleiben durfte, der er war. Weil sie ausgerechnet ihn hatten beißen müssen. Aber er war auch wütend auf sich selbst, weil er den Weg am alten Friedhof vorbei genommen hatte.

Aber zu seinem Erstaunen empfand er auch Neugier auf das, was nun kommen würde. Er erschrak, als er spürte, dass ihn etwas zu den Vampiren hinzog. Er wollte mehr über sie erfahren.

„Und nun?“, fragte er.

„Wir haben etwas für dich“, sagte Gutta. „Gerrith, wo ist es?“

Gerrith zeigte auf den Pavillon.

„Na, dann hol’s schon her.“ Gangolf gab seinem Bruder einen Schubs und Gerrith verschwand hinter dem Pavillon. Als er wieder hervorkam, hielt er etwas in seinen Armen. Es sah aus wie ein Paket.

„Das ist für dich!“, schnaufte er und hielt es Kai hin. Kai hob eine Augenbraue. Gerriths tiefe Stimme passt gar nicht zu einem so kleinen Jungen, dachte er.

Er nahm Gerrith das Paket ab und stellte es vor

sich auf den Boden. Es war in schwarzes Papier eingeschlagen. Obendrauf befand sich eine Schleife aus rotem Samt, die Kai stark an den Briefumschlag auf seinem Kopfkissen erinnerte.

„Was ist das?“

„Das ist das ‚Startset für Neu-Vampire‘“, erklärte Gutta. „Wir haben es extra für dich zusammengestellt.“ Bei dem Wort „Neu-Vampire“ zuckte Kai leicht zusammen. „Da ist alles drin, was du für den Anfang brauchst.“

„Na los, mach’s schon auf“, drängelte Gangolf. Aus seiner Umhangtasche drang wieder ein leises *Quak*.

Kai entfernte die Schleife von dem Päckchen und schlug das Papier zurück. Zum Vorschein kam eine kleine Truhe aus Holz. Vorsichtig klappte Kai den Deckel hoch und schaute hinein. Sein Blick fiel auf ein Stück Stoff, das ordentlich zusammengelegt obenauf lag. Als er es aus der Truhe nahm, entfaltete es sich. Schließlich hielt Kai einen Umhang in der Hand, wie ihn auch die Vampire trugen. Er war genauso schwarz und genauso fransig am Saum, aber lange nicht so zerschlissen.

„Anziehen!“, befahl Gangolf.

Kai warf sich den Umhang um. Seinem Gefühl nach hing ihm der Stoff wie ein Kartoffelsack am

Körper, doch Gerrith jauchzte: „Sitzt perfekt! Du siehst super aus!“

„Also, ich weiß nicht …“ Kai schaute an sich hinunter. Er konnte vor lauter Stoff seine Füße nicht mehr sehen. Er hatte sogar das Gefühl, als berührten sie nicht einmal mehr die Erde. Er fühlte sich leicht. Unglaublich leicht. Und irgendwie schien der Boden unter seinen Füßen auf einmal hin und her zu schwanken.

„Spürt ihr das auch?“, fragte er.

„Nee, was denn?“ Gangolf grinste breit.

„Der Boden … der Boden bewegt sich.“

„Also, unter meinen Füßen bewegt sich nichts“, sagte Gangolf.

Und dann, als er erneut an sich hinunterschaute, bemerkte Kai, dass es nicht der Boden war, der sich bewegte. Er, Kai, bewegte sich. Er schwebte über der Erde. Zunächst waren es nur wenige Zentimeter, doch dann konnte er mit seinen Zehenspitzen den Boden schon nicht mehr berühren. Und er stieg langsam höher.

„Hi… Hilfe! Haltet mich fest!“, stammelte Kai. Ein Windhauch erfasste ihn. Hätte Gutta nicht einen beherzten Schritt nach vorne getan und ihn an den Beinen zurückgezogen, wäre er bestimmt über den See getragen worden.

„Das musst du noch ein wenig üben“, sagte sie, doch da krachte Kai schon gegen einen Ast der alten Eiche.

„Aua, mein Kopf“, rief er. „Holt mich sofort hier runter!“

Die Vampire brachen in schallendes Gelächter aus.

„Du kannst deinen Flug lenken“, rief Gangolf. „Stell dir einfach vor, wie du fliegen möchtest. Schnell oder langsam, nach oben oder nach unten. Dann wird das schon.“

Der hat gut reden, dachte Kai und befühlte die frische Beule auf seinem Kopf. Dann schloss er die Augen und stellte sich vor, wie er langsam zurück auf den Boden schwebte und direkt neben Gutta und Gerrith landete – und im nächsten Augenblick spürte er wieder festen Boden unter den Füßen. Schnell zog er den Umhang aus. Er faltete ihn zusammen und legte ihn über den Truhenrand.

„Kommt da noch so was?“, schnaufte er und fischte als Nächstes eine Tüte aus der Holzkiste, auf der mit großen Lettern „Kleinkram“ geschrieben stand.

„Diese Pillen da“, Gerrith deutete auf die fünf weißen Kügelchen, die in dem Beutel hin und her kullerten, „sind für den Notfall. Solltest du einmal bei Tageslicht unterwegs sein müssen, was der Teufel verhindern möge, dann schluckst du eine dieser Pillen und kannst einen Tag lang im Sonnenlicht herumlaufen." Bei den letzten Worten verzog er angeekelt das Gesicht.

„Dann kommt auch diese Brille hier zum Einsatz", sagte Gutta. „Die soll dir in der Übergangszeit helfen, wenn deine Augen lichtempfindlicher werden. Und danach ist sie ideal für helle Vollmondnächte wie heute. Schick, nicht wahr?" Sie angelte die Brille aus dem Beutel und setzte sie auf. Kai musste schmunzeln, als er sie ansah. Ihr ganzes Gesicht verschwand hinter den riesigen getönten Gläsern. „Aber setz sie bloß nicht auf, wenn du unserem Opa Gismo begegnest. Wir haben ihm die Brille nämlich vorgestern aus seinem Schrank stibitzt." Sie setzte die Brille wieder ab und legte sie in den Beutel zurück.

„Und was ist das da?" Kai zeigte auf ein dunkles Bündel, das aussah wie getrocknetes Gras.

„Das ist Trockennahrung, falls du einmal nichts zu beißen finden solltest", sagte Gangolf. „Aber frag mich bloß nicht, was da drin ist. Ich habe keine Ahnung. Willst du wahrscheinlich auch gar nicht wissen, oder?" Er grinste so breit, dass für einen kurzen Moment seine scharfen Eckzähne zu sehen waren.

„Aber das hier sollte dich interessieren.“ Gerrith kramte ein kleines Buch aus der Truhe hervor. Es war in tiefschwarzes Leder gebunden und die Schrift glänzte silbern auf dem Einband. Der Titel lautete „Praktische Alltagstipps für Vampire“.

„Dieses Buch solltest du unbedingt lesen. Am besten noch heute Nacht. Da steht nämlich alles drin, was ein neuer Vampir wissen muss. Außerdem sind einige großartige Rezepte drin …“ Er leckte sich verträumt über die Lippen. „Mmh … ich erinnere mich noch genau an das Fleischsaftrezept von Seite 111. Lecker!“

Gutta verdrehte die Augen und schob ihren Bruder beiseite. Sie beugte sich über die Kiste. Nun war nur noch ein Paar Lederstiefel darin. Sie holte es heraus und hielt sie Kai unter die Nase.

„Schlüpf mal rein“, befahl sie.

Die passen mir nie, dachte Kai. Er nahm die Stiefel und schaute sie sich genauer an.

„Da passe ich zweimal rein“, sagte er. Wahrscheinlich hatten sie einem Riesen gehört. Opa Gismo vielleicht.

„Nicht diskutieren, anziehen!“, fauchte Gangolf ihn an.

Das Leder der Schuhe war angenehm weich und Kai gefiel vor allem der hohe Schaft, der oben umgeschlagen war. Bestimmt würde er damit aussehen wie ein Pirat in den Seeräuberfilmen, die er sich so gerne im Fernsehen ansah. Er zog seine Schuhe aus und wollte gerade in die Stiefel schlüpfen, als er kurz stockte.

„Sagt es mir lieber gleich." Er musterte die Vampire eindringlich. „Welche Überraschung erwartet mich diesmal, hm?"

Gutta, Gangolf und Gerrith sahen einander an.

„Überraschung? Keine. Wie kommst du denn darauf?", fragte Gerrith.

„Nein, keine Überraschungen. Diesmal nicht." Gutta schüttelte energisch den Kopf. Ihr Pferdeschwanz hüpfte dabei auf dem Rücken hin und her.

„Keine Sorge, einfach rein in die Stiefel!", donnerte Gangolf.

Kai warf ihnen einen prüfenden Blick zu, dann schlüpfte er langsam und vorsichtig in die Stiefel. Wie erwartet, waren sie um einige Nummern zu groß.

„Ich kann kaum darin laufen, so groß sind sie", sagte Kai und machte ein paar unbeholfene Schritte, die den Vampiren ein hämisches Grinsen entlockten. Plötzlich aber blieb er wie angewurzelt stehen, denn er vernahm ein merkwürdiges Geräusch. Es zischte und rauschte. Er schaute an sich herunter – und erstarrte. Aus den Stiefeln quoll Rauch! Dichter, weißer Rauch!

Kai blickte erschrocken zwischen den Stiefeln und den Vampiren hin und her.

„Ich brenne! Ich brenne!“, rief Kai. Panisch versuchte er, die Schuhe abzustreifen, doch sie schienen an seinen Füßen festzukleben.

„Um Gottes willen, helft mir doch!“, brüllte er. „Zieht mir die Stiefel aus!“ Aus den Schuhen kam immer mehr Qualm. Das Leder ächzte und knarrte. Kai brüllte immer lauter, die Stiefel zischten und pfiffen. Kai trat abwechselnd von einem Bein auf das andere. Er zerrte, so stark er nur konnte, an den Schuhen, doch sie bewegten sich nicht einen Millimeter. Schließlich ertönte ein ohrenbetäubendes Stöhnen.

Oooooooooooohh!

Und dann war alles vorüber. Die letzten Rauchschwaden wurden vom Wind davongetragen. Nur das heisere Gelächter der Vampire hallte noch durch die Dunkelheit. Sie hielten sich den Bauch vor Lachen.

„Das war ja ein toller Tanz“, rief Gangolf.

„Oh, ihr …“ Kai kochte vor Wut. „Danke. Vielen Dank.“

Gutta klopfte ihm auf die Schulter. „Sei nicht böse. Das geht jedem Neuen so. Vampirtradition, weißt du. Du hättest mich damals sehen sollen. Ich hatte solche Angst, ich wäre beinahe in einen Teich gesprungen." Sie lachte. „Aber nun solltest du die Stiefel wirklich ausziehen. Sie brauchen ein wenig Ruhe. Die Anpassung ist immer fürchterlich anstrengend für sie."

„Die Anpassung?" Kai schaute auf die Stiefel. Das Leder schmiegte sich nun weich um seine Füße und Waden. Die Schuhe passten wie angegossen.

„Irre!", staunte er, als er sie auszog und in seine alten Schuhe hineinschlüpfte. „Können diese Stiefel noch mehr so tolle Sachen?" Er legte sie zu den anderen Dingen in die Truhe.

„Das will ich meinen", sagte Gangolf. „Es sind ganz besondere Stiefel. Meilen-und-über-Wassergeh-Stiefel nämlich! Fünf Schritte – und du bist eine ganze Meile gelaufen. Aber das Beste ist, dass du damit eben auch über Wasser gehen kannst. Eine super Erfindung von Opa Gismo. Früher, bevor es diese Schuhe gab, sind viele von uns auf der Flucht vor den scheußlichen Vampirjägern ertrunken." Er verzog das Gesicht. „Unsere Oma Glasphemia, zum Beispiel. Sie ist in den Fluss hinter ihrer Burg gesprungen, als der Vampirjäger Viktor von Wallershausen hinter ihr her war. Fürchterliche Sache, damals."

„Scheint so." Kai stellte sich vor, jemand wäre hinter seiner Großmutter her und sie würde … Nein, an so etwas wollte er gar nicht denken.

„Ja, wir haben über hundert Jahre gebraucht, um über ihren … äh … Tod hinwegzukommen", seufzte Gerrith.

Stille legte sich über die kleine Gruppe am See. Kai betrachtete all die Sachen, die er von den Vampirgeschwistern bekommen hatte. Dies also war der Anfang eines neuen Lebens. Eines Lebens, in dem er fliegen konnte, eine Mond- statt einer Sonnenbrille trug, in dem er kleine Kügelchen brauchte, wenn er die Sonne wiedersehen wollte. Ein Leben, in dem er magische Stiefel besaß. Und ein Leben, in dem er … Blut trinken musste. Kai erschrak etwas, als ihm diese Worte durch den Kopf gingen. Blut – es schauderte ihn beim Gedanken daran. Nein, er glaubte nicht, dass er sich jemals daran gewöhnen könnte, Blut zu trinken. Er verspürte nicht die geringste Lust, es zu probieren. Natürlich hatte er schon einmal einen Tropfen Blut vom Finger gelutscht, als er sich geschnitten hatte. Aber das war nicht wirklich lecker gewesen. Und das Blut von einem anderen Menschen? Nicht einmal für eine

Sekunde wollte er darüber nachdenken. Er schüttelte sich – und sprang im nächsten Augenblick vor Schreck hoch in die Luft, denn ein markerschütternder Schrei gellte durch den Garten.

„Da! Seht ihr das? Ich werde wahnsinnig! Seht ihr das auch? Seht ihr das?“ Gangolf brüllte sich beinahe die Lunge aus dem Leib und seine Stimme überschlug sich. Sein Gesicht verlor schlagartig jegliche menschlichen Züge. An Stirn und Wangen wurde ein dichtes Netz aus feinen dunklen Äderchen sichtbar. Gangolfs Augen waren plötzlich blutunterlaufen und sein Blick schien fest auf einen bestimmten Punkt gerichtet. Alle Vampire hatten sich blitzschnell umgedreht und starrten auf ... die Holunderbüsche!

„Menschen! Er hat Menschen mitgebracht! Ich fass es nicht!“ Gangolf fuchtelte wild mit den dürren Armen in der Luft herum. Aus der Seitentasche seines Umhanges machte es aufgeregt *Quak! Quak!*.

Kai stockte der Atem. Sandra und seine Oma! Die hatte er völlig vergessen. Sie hockten hinter den Holunderbüschen.

„Das war keine besonders gute Idee“, knurrte Gutta. „Wer ist das?“

„Eins solltest du dir gleich merken.“ Gangolf packte Kai fest am Arm. „Dein Umgang mit Menschen sollte sich auf die Nahrungsbeschaffung beschränken." Er leckte sich gierig über die roten Lippen. „Vielleicht solltest du es umgehend einmal probieren."

Die Vampirgeschwister machten einige Schritte auf die Holunderbüsche zu. Aus ihren Kehlen drang ein Fauchen, das Kai nur zu gut kannte.

„Bleibt uns bloß vom Leib!", ertönte es da aus den Büschen. Es raschelte in den Blättern. Sandra und die Großmutter traten heraus. In den Händen hielt Kais Oma ein Kruzifix, das sie den Vampiren entgegenstreckte. Doch die Vampire beachteten das Kreuz nicht.

„Wir haben es gar nicht gern, wenn sich Menschen bei unseren Versammlungen einschleichen", fauchte Gangolf.

Kai stellte sich den Vampiren in den Weg. „Lasst sie in Ruhe!" rief er, so laut er nur konnte. Doch Gangolf schleuderte ihn beiseite.

„Aus dem Weg!", brüllte er. Kai flog in hohem Bogen ins Gras und landete neben Sandra und seiner Großmutter. Sofort aber rappelte er sich wieder auf. Er würde die beiden auf keinen Fall im Stich lassen. Schützend stellte er sich vor sie.

„Mach Platz!", zischte Gutta. „Du kannst ihnen nicht helfen."

„Niemals!“ Kai starrte in ihre blutunterlaufenen Augen.

Er hörte ein Knacken über sich. Als er nach oben blickte, sah er, dass Gangolf hoch in die alte Eiche geflogen war. Wie ein Raubvogel blickte er auf seine Beute herab. Kai trat einen Schritt zurück. Er stand nun ganz dicht vor Sandra und seiner Großmutter. Leise konnte er Sandra hinter sich flüstern hören. „Mein Gott! Mein Gott!“, wiederholte sie immer wieder.

„Wir wollen dir nichts tun, Kai“, schnarrte Gerith.

„Lasst ihn doch, dann ist er eben mit dran“, rief Gangolf von der Eiche herunter.

„Du verstehst das noch nicht, Kai. Menschen dürfen bei Vampirtreffen nicht dabei sein. Geh beiseite!“ Guttas Eckzähne leuchteten.

„Ihr wollt mir nichts tun? Ihr habt mir schon genug angetan.“ Kai blickte einen Vampir nach dem anderen an, Tränen stiegen ihm in die Augen und er schrie sie an: „Wegen euch hat sich mein ganzes Leben verändert. Wegen euch muss ich zu einem … zu einem … Vampir werden. Wegen euch musste ich Transsylvanische Schicksalskekse essen und fürchterliche Schmerzen ertragen. Ich werde nicht zur Seite gehen! Ich will nicht, dass sie das gleiche Schicksal ereilt wie mich!" Kai ergriff Sandras Hand und hielt sie ganz fest. Die Wirkung seiner Worte auf die Vampire war ungeheuerlich. Sie blieben wie angewurzelt stehen und starrten ihn an.

„Was hast du da gerade gesagt?", flüsterte Gutta nach einer Weile.

„Dass ich nicht will, dass sie mein Schicksal teilen und …"

„Nein, das meine ich nicht." Gutta schüttelte den Kopf. „Wie war das mit den Transsylvanischen Schicksalskeksen?"

„Ah, die Kekse, ja." Kai war zutiefst verwundert, dass sich die Vampire ausgerechnet für die Schicksalskekse interessierten. „Der Schmerz in meinen Augen war unglaublich. Sie brannten wie Feuer."

„Bist du dir sicher? Ich meine, waren es wirklich Transsylvanische Schicksalskekse, die du gegessen hast?"

„Natürlich waren es Transsylvanische Schicksalskekse", schaltete sich Kais Oma ein. Sie tat einen Schritt nach vorn und stellte sich neben ihren Enkel. „Ich weiß das ganz genau, denn ich habe sie selbst gebacken."

„Sie hat sie selbst …" Gangolf schnappte nach Luft. „Also, Moment. Damit wir das richtig verstehen. Du hast sie selbst gebacken?"

„Ja."

„Ich glaub's nicht. Das ist nicht dein Ernst, oder? W… Woher hast du das Rezept, wenn ich fragen darf?" Gangolf wurde sichtlich nervös.

„Wenn du es genau wissen willst: Es steht auf Seite 248 in dem alten Magiebuch, das in meiner Küche liegt."

„Teufel auch! Du hast das Rezept in einem Buch gefunden?"

Frau Flammersfeld verdrehte die Augen. „Wenn ich es dir doch sage."

„Du wirst mir immer sympathischer", murmelte Gangolf.

Kai räusperte sich. „Was ist denn an diesen Keksen so besonders?"

„Besonders? Was an diesen Keksen so besonders ist? Das kann ich dir sagen." Guttas Stimme überschlug sich. „Seit Jahrhunderten sind wir Vampire auf der Suche nach dem Rezept für Transsylvanische Schicksalskekse. Früher gab es diese Kekse überall. Ihr Rezept stand in jedem Magiebuch. Sie waren ein wichtiges Heilmittel für uns. Wenn man zum Beispiel einmal zu viel Sonnenlicht abbekommen hatte, musste man nur einen Brei aus Schicksalskeksen auf den Sonnenbrand streichen und schon in der nächsten Nacht war alles wieder verheilt.

Ach, ihr glaubt gar nicht, wofür diese Kekse alles gut waren! Doch dann geschah etwas Fürchterliches. Dem Vampirjäger Wieland von Wünschelsgrund fiel ein Zauberbuch, das einer Hexe gehört hatte, in die Hände und mit einem hinterhältigen Zauberspruch ließ er alle unsere Magiebücher in Flammen aufgehen. Alle, bis auf eins. Doch dieses Buch wurde seither nie wieder gesehen. So kam es, dass das Rezept für Transsylvanische Schicksalskekse am Ende in Vergessenheit geriet. Es gibt sie nur noch in alten Geschichten."

„Ich wusste gar nicht, dass ich ein so außergewöhnliches Buch in meiner Küche habe." Oma Flammersfeld hob eine Augenbraue.

„In der Küche ... Sie hat es einfach so in ihrer Küche liegen ..." Gangolf schüttelte fassungslos den Kopf.

„Keine Sorge, es ist gut versteckt. Und außerdem dick in Knoblauchblätter eingeschlagen", sagte die Oma.

„Knoblauchblätter? Igitt!" Gangolf verzog das Gesicht. Die jahrhundertelange Suche nach dem letzten noch existierenden Magiebuch soll also in der Küche einer alten Frau enden, dachte er. Das war wahrlich kein nobler Ort, um einen solchen Schatz wiederzufinden. Er hatte immer geglaubt, dass das Buch in einer großen, finsteren Höhle lag und dort auf seine Entdeckung wartete. Und in den Geschichten, die er sich dann ausdachte, hatte natürlich er es den Vampiren zurückgebracht. Alle würden ihn feiern und es würden sich Heldensagen um seine Person ranken. Ja, das hätte ihm schon gefallen. Aber nun war es eben nicht so gekommen. Doch ein kleiner Trost blieb ihm, denn immerhin gehörte er zu den ersten Vampiren, die vom Wiederauftauchen des Buches erfuhren. Und außerdem freute ihn der Gedanke, dass es ganz in der Nähe seines Heimatfriedhofs entdeckt worden war.

„Was machen wir jetzt mit ihnen?“, fragte Gerrith und zeigte auf Sandra und Kais Großmutter.

„Beißen können wir sie jedenfalls nicht“, sagte seine Schwester. „Dann bekommen wir das Buch nie.“

„Ganz recht“, sagte Oma Flammersfeld mit fester Stimme. Kai war beeindruckt, wie furchtlos sie den Vampiren entgegentrat. „Wir würden euch sowieso nicht schmecken. Bei all dem Knoblauch, den wir gegessen haben.“

„Sicher nicht“, grummelte Gangolf. „Aber …“ Er segelte von der Eiche herunter, ging auf Kais Großmutter zu und umklammerte das Holzkreuz, das sie immer noch in den Händen hielt. „Ooohhh“, schrie er in gespieltem Schmerz, „das tut aber weh! Aua!" Dann flog das Kruzifix in hohem Bogen durch die Luft und landete im Gras. „Die Idee mit dem Kreuz find ich ja besonders süß", brummelte er. „Die Show war klasse, Oma. Aber helfen würde dir so ein Ding nicht gegen uns. Schau mal …" Er öffnete die oberen Knöpfe seines Umhangs. Dort baumelte ein kleines silbernes Kruzifix. „Das hängt schon seit über zweihundert Jahren dort", sagte er grinsend. Kais Großmutter legte die Hand auf Gangolfs Kinn und schob sein Gesicht von sich weg.

„Na und? Dann ist die Theorie mit dem Kreuz eben falsch gewesen", sagte sie gelassen.

„Ganz schön mutig, deine Oma", zischte Gangolf, als er an Kai vorbeischlich und sich wieder neben seine Geschwister stellte. „Gefällt mir."

„Nun, ich denke, wir sollten jetzt gehen", sagte Gutta nach kurzem Schweigen. „Und du solltest dich vielleicht mit den Alltagstipps für Vampire beschäftigen, Kai." Sie deutete auf die Holztruhe, in der das Büchlein lag. Dann hob sie langsam vom Boden ab und schwebte über Kai. Ihre Geschwister folgten lautlos.

„Ach ja, da wäre noch eine Kleinigkeit …" Sie räusperte sich. „Die Sache mit dem Sarg." Kai zuckte zusammen, als er dieses Wort hörte. „Du wirst einen eigenen Sarg brauchen, Kai. Steht alles im ersten Kapitel des Buchs. Wir konnten dir leider keinen vom Friedhof mitbringen. Es war keiner mehr frei. Und jemand anderem einen wegnehmen, das geht nicht. Vampirehre, weißt du." Kai nickte, obwohl er keine Ahnung hatte, wovon sie redete.

„Wir werden schon einen besorgen", mischte sich Oma Flammersfeld ein, wofür sie einen verwunderten Blick von Kai erntete. Dann wedelte Gutta kurz mit den Armen und schwebte mit ihren Geschwistern in den Nachthimmel. Das Letzte, was Kai von den Vampiren sah, war Gerriths bleiches Gesicht, als er sich noch einmal zu ihnen umdrehte. Schließlich waren die Vampire in der Dunkelheit verschwunden.

Kai tat einen langen, tiefen Atemzug und wandte sich Sandra und seiner Oma zu. Sandra stand immer noch wie angewurzelt da und starrte in die Nacht.

„Sandra?" Kai stellte sich vor sie und wedelte mit der Hand vor ihren Augen hin und her. Doch sie reagierte nicht. Es schien, als wäre sie in einer anderen Welt. Sie blickte stumm vor sich hin und beachtete Kai nicht. Er hörte nur, wie sie immer wieder „Mein Gott! Mein Gott!" murmelte.

„Was hat sie?", fragte seine Oma.

„Ich weiß nicht." Kai packte sie an den Schultern und schüttelte sie kräftig. „Sandra, hey."

Ein Ruck ging durch ihren Körper und sie begann leicht zu zittern.

„Sind sie ...?"

„Ja, sie sind weg." Kai legte einen Arm um sie.

„Kommt, wir gehen rein", sagte Oma Flammersfeld und sie gingen den schmalen Pfad entlang zurück zur Terrasse.

„Danke", sagte Kai, als sie am Haus angekommen waren. „Danke, dass ihr bei mir wart."

Seine Großmutter gab ihm einen Kuss auf die Stirn. „Wir bleiben auch weiter bei dir, mein Junge. Es kommt eine schwere Zeit auf dich – auf uns zu." Dann traten sie durch die Terrassentür ins Wohnzimmer.

An diesem Abend lag Kai bäuchlings in seinem Bett und hörte das ruhige, gleichmäßige Atmen von Sandra. Sie schlief neben ihm auf einer Liege, die seine Oma in Kais Zimmer aufgestellt hatte. Als sie sich hingelegt hatten, war Sandra ohne ein weiteres Wort eingeschlafen. Kai war froh darüber. Das Zusammentreffen mit den Vampiren hatte sie ganz schön mitgenommen. Er selbst war viel zu aufgeregt, um schlafen zu können. Und neugierig war er außerdem. Er legte „Praktische Alltagstipps für Vampire“ vor sich hin und zog sich die Decke über den Kopf. Dann knipste er eine Taschenlampe an und schlug das Buch auf.

Geneigter Leser,
bitte schreibe deinen Namen
unter diese ersten Zeilen.

Komischer Anfang, dachte Kai, streckte eine Hand unter der Bettdecke hervor und tastete blind auf dem Nachttisch herum. Irgendwo lag dort ein Kuli, das wusste er genau. Schließlich fand er den Stift, holte ihn zu sich unter die Decke und schrieb seinen Namen auf das vergilbte Blatt.

Kai Flammersfeld

Kaum hatte er den letzten Buchstaben vollendet, da verblichen plötzlich alle Wörter auf der Seite, wie von Geisterhand. Buchstabe für Buchstabe verschwand vor seinen Augen, bis im Schein seiner Taschenlampe lediglich ein leeres Blatt Papier zu sehen war. Kai blätterte verwundert auf die nächste Seite. Auch dort waren alle Buchstaben verschwunden. Ebenso auf der nächsten Seite und der übernächsten. Das erste Kapitel hatte sich in Luft aufgelöst! Dann, eine Sekunde später, tauchten zarte Striche auf dem Papier auf. Aus den Strichen wurden Linien, aus den Linien Buchstaben und schließlich ganze Wörter, die alsbald die ganze Seite ausfüllten. Kai blätterte rasch durch die Einführung. Überall war der Text zurückgekehrt und so schlug er schnell die erste Seite auf und begann zu lesen.

Lieber Kai Flammersfeld!
Willkommen in der aufregenden Welt
der Vampire! Wilde Zeiten erwarten dich –
abenteuerliche, aber auch gefährliche Zeiten.
Dein bisheriges menschliches Leben ist
im Vergleich zu dem, was dich nun erwartet,
regelrecht bescheiden gewesen. Unaufregend.
Langweilig gar.

Kai stutzte. Was für ein seltsames Buch, dachte er.

Dieser kleine Ratgeber will dir den Übergang von deinem menschlichen in dein vampirisches Leben etwas erleichtern. Ich möchte dich in die aufregenden Geheimnisse des Vampirdaseins einweihen. Und weißt du, Kai Flammersfeld, derer gibt es viele. Hier zunächst eine Übersicht über meinen Inhalt. Bitte beachte besonders Kapitel 13 – „Das Zauberkapitel".

Kai blätterte sofort einige Seiten weiter in das Inhaltsverzeichnis. Unter „Kapitel 13 – Das Zauberkapitel" war nichts eingetragen. Lediglich „ab Seite 234" stand dort. Also blätterte er auf Seite 234 und fand – nichts. Die Seite 234 war leer. Ebenso alle anderen bis zum Ende des Buches. Auf der letzten Seite tauchten plötzlich Buchstaben auf dem Papier auf.

Nicht so hastig! Hast du schon die Einführung zu Ende gelesen, Kai Flammersfeld?

Als hätte man ihn bei etwas Verbotenem erwischt, blätterte Kai schnell zurück zu den ersten Seiten. Er las weiter.

Kapitel 13 – „Das Zauberkapitel" beantwortet dir alle Fragen, die während deiner Umwandlung auftreten. Schreibe einfach eine Frage in das Kapitel hinein und ich werde mir die größtmögliche Mühe geben, deine Frage zufriedenstellend zu beantworten.

„Mann, das klingt ja spannend!“, flüsterte Kai. Er wollte es gleich ausprobieren, schlug abermals Kapitel 13 auf und schrieb *Transsylvanische Schicksalskekse* auf das Papier. Es dauerte nicht lange und die Seite füllte sich mit Buchstaben.

Welch unnötige Frage an dieser Stelle,
Kai Flammersfeld! Hast du Kapitel 2,
Unterpunkt 2.2.2 nicht gelesen?
Bitte schlage dort alles Wissenswerte über
Transsylvanische Schicksalskekse nach.
Danke!

Und schon verblasste die Schrift wieder und war im nächsten Augenblick verschwunden.
Kai nahm den Kugelschreiber und schrieb seine nächste Frage auf: *Was geschieht mit mir bei der Umwandlung in einen Vampir?*

Zunächst blieb das Blatt leer. Dann aber tauchte die Schrift auf.

Hm, du scheinst das Inhaltsverzeichnis wirklich
noch nicht besonders gut studiert zu haben,
Kai Flammersfeld. Sonst wüsstest du, dass auf
diese interessante Frage sowohl in Kapitel 2,
Unterpunkt 2.3.9 „Die Zeit nach dem alles

entscheidenden Biss" als auch in Kapitel 3, Unterpunkt 3.5.7 „Der Wesenswechsel – vom Menschen zum Vampir" genauer eingegangen wird. Aber ich will mal nicht so sein. Schließlich müssen wir ja noch ein Weilchen miteinander auskommen. Ich fasse also kurz zusammen. Das soll dich aber nicht davon abhalten, die entsprechenden Kapitel noch zu lesen, in Ordnung?

Kai blickte auf. Das war wirklich das seltsamste Buch, das er je in Händen gehalten hatte. Ein Buch, das ihn persönlich ansprach. Wie war so etwas überhaupt möglich? Aber sofort dachte er an all das, was ihm seit Felix' Geburtstagsparty geschehen war. Nach diesen Erlebnissen konnte ihn ein Buch eigentlich nicht mehr verwundern. Er wandte sich wieder dem Text zu.

Nach dem Biss eines Vampirs beginnt das Opfer (in diesem Falle also du), sich selbst in einen Vampir zu verwandeln. So weit dürfte es dir bekannt sein, nicht wahr? Dies aber geschieht nicht von einer Nacht zur anderen. Vielmehr wirst du merken, dass du dich schrittweise verwandelst. Dabei ist es typisch, dass sich dein

Wesen ebenso wie dein Äußeres verändert. Bitte beachte, dass du nichts dagegen tun kannst. Dein Wesen, die Art und Weise, wie du bist, wird sich auf jeden Fall verändern. Du möchtest bestimmt wissen, wie. Stimmt's, Kai Flammersfeld? Entschuldige, aber das kann selbst ein so schlauer Ratgeber wie ich – wenn ich das in aller Bescheidenheit sagen darf – dir nicht genau sagen. Jeder neue Vampir wird eine blasse Haut bekommen. Es werden ihm scharfe, lange Eckzähne wachsen. Und auch, wenn du es dir vielleicht noch nicht vorstellen kannst: Dich wird nach frischem Blut dürsten. Daneben wirst du merken, dass du schneller wütend wirst. Auch dies wirst du nicht verhindern können. Das ist der Vampir in dir, der sich auszubreiten beginnt. Wie ein Raubtier wirst du Freude an der Jagd nach Nahrung empfinden.
Ich beschränke mich hier aus Rücksicht auf deine momentane Situation auf eine eher neutrale Formulierung, wenn's recht ist.
Ja, Kai Flammersfeld – so muss ich es wohl sagen. Das Menschliche in dir zieht sich bis auf einen kleinen Teil zurück. Dafür breitet sich das tierische Wesen des Vampirs in dir aus. Keiner kann vorhersagen, in welchem Maße

dies geschehen wird. Reicht dir das so weit? Bitte schreibe „ja“ oder „nein“ unter diese Zeilen.

Kai nahm schnell den Kugelschreiber und kritzelte *Ja* unter den Text. Er hatte genug erfahren für heute Nacht. Ihm war elend zumute. Er klappte das Buch zu und legte es mit dem Kuli auf den Nachttisch. Dann knipste er die Taschenlampe aus und legte sie daneben. In seinem Kopf schwirrten tausend Fragen herum, über die er jetzt nicht nachdenken wollte. Er zog die Bettdecke bis unters Kinn und schloss die Augen. Jetzt bloß schnell einschlafen, dachte er, und noch bevor er sich das Gehirn zermartern konnte, war er bereits im Land der Träume.

DER SARGMACHER – 4. TAG

Als Kai am nächsten Morgen aufwachte, blendete ihn das grelle Sonnenlicht und schmerzte so sehr in den Augen, dass sie zu tränen anfingen. Er wälzte sich in seinem Bett hin und her und zog sich die Decke über den Kopf. Wie spät mochte es wohl sein? Er schaute auf den Wecker, der auf dem Nachttisch neben seinem Bett stand. Es war bereits 11 Uhr! Kai sah zur Liege hinüber, auf der Sandra schlief. Dort lag niemand. Er schlug die Bettdecke zurück und richtete sich auf. Sein Kopf brummte, er fühlte sich schlapp und alles tat ihm weh, als ob er gestern stundenlang Sport getrieben hätte und sich sein Körper heute darüber beschweren würde. Mühsam stieg er in seine Hose, zog ein T-Shirt über und stapfte die Treppe hinunter. Als er ins Esszimmer kam, saßen Sandra und seine Großmutter am Tisch.

„Na, das wurde aber auch langsam Zeit“, rief

ihm Sandra entgegen. „Wir sind schon längst fertig mit dem Frühstück."

Sie sieht viel besser aus als gestern Abend, dachte Kai.

„Setz dich", sagte seine Oma und ging in die Küche.

Kai setzte sich neben Sandra. „Ich bin total gerädert. Hast du auch so schlecht geschlafen?"

„Nein. Und ich hoffe, ich habe auch nicht so geschnarcht wie du." Sandra lächelte ihn an.

„So, hier. Dein Frühstück." Mit einem lauten Knall flog die Küchentür auf und Kais Großmutter kam mit einem Tablett zurück. Sie stellte es vor ihrem Enkel auf den Tisch. Sofort bemerkte Kai diesen eigenartigen Geruch. Es war ein Geruch, den er noch nie zuvor wahrgenommen hatte. Er schaute auf die Teller, die vor ihm standen. Es waren nicht die Brötchen, die so dufteten. Auch das Rührei war es nicht. Und den Duft der Honigmilch, die vor ihm in einem Becher dampfte, kannte er ebenfalls nur zu gut. Er atmete tief ein. Was war das? Kräftig und würzig. Es roch nach Leben und Tod zugleich. Dann sah Kai das blaue Glas, das neben dem Becher mit der Honigmilch stand. Das war es. Die Flüssigkeit darin verströmte diesen anziehenden Duft. Kai nahm das Glas in die Hand und schwenkte es unter seiner

Nase. Tief sog er den Geruch ein. Er war herrlich. So intensiv. Ein wohliger Schauer durchströmte seinen Körper. Er setzte das Glas an die Lippen und trank gierig. Wie das schmeckte! Schluck um Schluck leerte er das Glas. Sein Herz schlug kräftig. Das Pochen stieg bis in den Kopf hinauf und wurde mit jedem eiligen Schluck stärker.

„Hat's geschmeckt?", fragte seine Oma leise, als Kai das Glas wieder abgestellt hatte.

„Ja, prima. Hast du noch mehr davon?"

In diesem Augenblick schrie Sandra auf. „Da! Da ist es wieder. Sehen Sie, Frau Flammersfeld?" Sie deutete auf Kais Augen. „Sie sehen aus wie die einer Katze."

„Aber ja, so ist es immer, wenn Vampire eine Mahlzeit zu sich nehmen", antwortete sie gelassen, als sei es das Natürlichste auf der Welt, dass sich Kais Augen veränderten. Sie stand auf, ging in die Küche und kam mit einer Karaffe zurück, die mit einer rötlichen Flüssigkeit gefüllt war. „Ich habe mir erlaubt, das kleine Büchlein von deinem Nachttisch zu nehmen. Sehr interessant, was da so alles drinsteht. Jedenfalls habe ich dort ein Rezept für eine sehr gute Anfängermahlzeit gefunden." Sie schenkte Kai nach und füllte das Glas bis zum Rand. „Bluttee mit Fleischsaft gebrüht. Lass es dir schmecken, mein Junge." Sie nahm die Teller mit den Brötchen und dem Rührei sowie den Becher mit der Honigmilch und stellte alles beiseite.

Am Nachmittag warteten Kai und Sandra vor dem alten Steinhaus in der Grabgasse 13. Neben der Tür glänzte ein Messingschild, auf dem in großen schwarzen Buchstaben zu lesen war:

GERHARD SIEBENSCHEIN
SCHREINERMEISTER
SÄRGE ALLER ART

Nach kurzer Zeit stürmte auch Oma Flammersfeld um die Ecke.

„'tschuldigung, dass ihr warten musstet", keuchte sie. „Ich habe so viel in deinem Ratgeber gelesen, Kai, dass ich doch glatt die Zeit vergessen habe. Dieses kleine Buch ist wirklich wunderbar, wisst ihr. Ich komme gar nicht davon los." Sie war jetzt bei den beiden angelangt und atmete tief durch. „Wollen wir?" Sie zeigte auf Herrn Siebenscheins Eingangstür.

„Ich weiß nicht ..." Kai war gar nicht wohl bei dem Gedanken an das, was ihn in Herrn Siebenscheins Geschäft erwarten würde. „Muss es wirklich heute sein? Ich meine, vielleicht kann ich ja auch in ein oder zwei Tagen …“

„Nein, nein“, unterbrach ihn seine Großmutter. „Je eher du dich daran gewöhnst, desto besser. Du kommst sowieso nicht daran vorbei, Kai.“ Sie schaute ihn liebevoll an. „Glaube mir. Bringen wir es lieber gleich hinter uns.“

Kai schluckte. Er wusste, dass seine Oma Recht hatte. Früher oder später würde er ihn brauchen, den Sarg. Er murmelte leise: „Wenn's denn sein muss“, und drückte den schweren Griff hinunter. Knarrend öffnete sich die Tür. Kai schob einen Vorhang zur Seite und sie betraten einen großen, dunklen Raum, in dem überall verstaubte Särge standen. Durch ein kleines Fenster fielen ein paar Sonnenstrahlen, in denen der Staub tanzte. Doch die Sonne schaffte es gerade einmal, einen kleinen runden Kreis aus Licht auf den Steinboden zu malen.

„Wie unheimlich“, flüsterte Sandra, als sie an all den Särgen vorbeigingen. Darunter gab es große und kleine Särge, helle und dunkle; bei manchen war der Deckel hochgeklappt und gab einladend das weiße weiche Innere preis, andere waren verschlossen. Selbst an den Wänden hingen hier und da ein paar Holzsärge. Auf einem Nussbaumsarg an der gegenüberliegenden Wand leuchtete ein Kandelaber, ein schwerer, mehrarmiger Kerzenständer, und wies den Weg zu einer Tür, die zu einem weiteren Raum führte.

„Kommen Sie ruhig herüber“, rief plötzlich eine Stimme aus dem anderen Zimmer. Sandra, Kai und seine Großmutter gingen an dem Kandelaber auf dem Nussbaumsarg vorbei und betraten den zweiten Raum. Er war noch viel größer als der erste, aber genauso staubig. Unzählige Kerzen erhellten ihn mit ihrem gelblichen Licht.

„Aber bitte passen Sie auf Ludwig auf“, sagte die freundliche Stimme.

Sandra, die gerade über die Türschwelle trat, blickte nach oben – und erstarrte. Über ihr hing eine gigantische schwarze Spinne. Alle acht Beine weit von sich gestreckt, klebte sie in einem dicht gewebten Netz in einer Ecke des Türrahmens.

„Bitte erschrecken Sie ihn nicht. Er ist noch ein wenig erschöpft von der vielen Arbeit. Wissen Sie, er hat sich gestern Nacht besondere Mühe mit seinem neuen Netz gegeben. Ich sage ihm ja immer, er soll etwas kürzertreten. Schließlich ist er auch nicht mehr der Jüngste. Aber, na ja.“

Sandra starrte das haarige Knäuel im Türrahmen mit weit aufgerissenen Augen an.

Sie hasste Spinnen.

Nein, sie hasste sie nicht.

Viel schlimmer noch.

Sie hatte panische Angst vor ihnen.

Alles. Alles hätte dort oben im Türrahmen sitzen dürfen, jedes Tier dieser Welt. Aber keine Spinne. Sie würde keinen Fuß über diese Türschwelle setzen, so viel war klar.

„Nun komm schon“, sagte Kai und nahm ihre Hand.

„Nur keine Angst, mein Fräulein“, sagte die freundliche Stimme. „Ludwig tut ihnen nichts. Er ist ausgesprochen friedfertig.“

„Nein!“ Sandra schüttelte den Kopf.

„Nur Mut“, sagte die Stimme aus dem Hintergrund.

Aus dem anderen Raum schauten drei Augenpaare erwartungsvoll zu Sandra herüber. Sie jedoch starrte Ludwig an. Und sie hatte das Gefühl, als starre er zurück.

„Nein, ich bleibe lieber hier“, sagte sie mit fester Stimme. Und leise fügte sie hinzu: „Mein Gott, wie ich Spinnen hasse.“

„Dazu besteht keinerlei Grund, meine Dame.“
 Am Ende des größeren Raums trat ein alter Mann hinter einem Tresen hervor und kam mit festem Schritt auf Kai, Sandra und die Großmutter zu.

„Guten Tag! Ich bin Schreinermeister Siebenschein. Hier finden Sie Särge aller Art. Was kann ich für Sie tun?“ Er gab einem nach dem anderen die Hand.

Ein seltsamer Mann, dachte Kai und musterte Herrn Siebenschein. Er war nicht gerade sehr groß und die dünnen Beine trugen den wohl rundesten Bauch, den Kai je gesehen hatte. Alles an Herrn Siebenschein war schwarz. Die eng anliegende Hose, die Schuhe, das bis unters Kinn zugeknöpfte Hemd, die Weste, ja, selbst die kleine Fliege, die er sich umgebunden hatte, glänzte tiefschwarz. Nur das schüttere Haar, das sich wie ein Kranz um die Glatze legte, schimmerte schneeweiß. Besonders seltsam aber fand Kai Herrn Siebenscheins Augen. Die waren ihm sofort aufgefallen. Es war, als loderte ein bernsteinfarbenes Feuer in ihnen. Kai fühlte sich wie durchbohrt von seinem Blick. Dieses Gefühl war so unangenehm, dass Kai gleich wegsah, als sich ihre Blicke abermals trafen.

„So viel Besuch habe ich selten auf einmal“, sagte Herr Siebenschein und wandte sich Frau Flammersfeld zu.

„Wir benötigen einen Sarg.“ Kais Großmutter steuerte auf den erstbesten Sarg zu und strich sanft über den Deckel.

„Ähm, ja. Natürlich. Deswegen werden Sie wohl gekommen sein. Darf ich Ihnen zunächst mein Beileid aussprechen und fragen, für wen Sie einen Sarg suchen? Für eine Dame mittlerer Größe hätten wir hier ein sehr hübsches Modell." Herr Siebenschein zeigte auf einen weiß lackierten Sarg, der mit geöffnetem Deckel an der gegenüberliegenden Wand hing. Auf dem weißen Innenstoff prangten rote Rosen.

„Wird sehr gerne genommen", fügte er nicht ohne Stolz hinzu.

„Was meinst du?", fragte Oma Flammersfeld und blickte Kai an, der gerade über eine der Rosen strich, um zu prüfen, ob sie aufgenäht oder vielleicht doch nur aufgedruckt war.

„Hm, ich weiß nicht", murmelte er. Eigentlich wollte er keinen Sarg, der für eine „Dame mittlerer Größe" gedacht war, wie Herr Siebenschein es ausgedrückt hatte. Eigentlich wollte er gar keinen Sarg. Er wollte nur eins: raus aus diesem Geschäft. Weg von diesen bedrückenden Särgen.

„Im Leben nicht. Der ist doch viel zu kitschig", rief Sandra da von der anderen Seite des Türrahmens. „Wie wär's mit dem da?" Sie zeigte auf einen rötlich braunen Sarg, der gleich an der Tür neben Ludwig stand.

„Eine sehr weise Wahl“, sagte Herr Siebenschein. „Eins meiner Spitzenprodukte, wenn ich das in aller Bescheidenheit sagen darf. Allerdings eher etwas für einen nicht zu kleinen Herrn mittleren Alters, wenn Sie mich fragen. Darf ich mich vielleicht noch einmal erkundigen, um wen es sich bei dem geliebten Verblichenen handelt?“

„Also, einen braunen möchte ich ja schon mal gar nicht“, brummte Kai und stiefelte am Tresen vorbei um die Ecke. Seine Oma folgte ihm. Sie gelangten in einen Raum, in dem standen dicht gedrängt …

„Kindersärge! Prima, genau das, was wir brauchen!“ Oma Flammersfeld klatschte verzückt in die Hände.

Herr Siebenschein folgte ihnen mit einem betretenen Gesichtsausdruck. „Oh, Sie suchen einen … Ich hatte ja keine Ahnung. Ach, das ist aber wirklich tragisch.“

Frau Flammersfeld war mittlerweile hinter einem großen Kranzgebinde verschwunden. „Also, jetzt schau dir mal den hier an!“, rief sie und steckte ihren Kopf zwischen ein paar gelben Blumen durch den Kranz hindurch. „Der ist spitze! Komm mal her!“

Kai ging, gefolgt von Herrn Siebenschein, zu seiner Oma hinter dem Gebinde. Sie deutete auf ein Modell, neben dem einige Kerzen angezündet waren.

„Ein kleines Experiment", sagte Herr Siebenschein und versuchte ein verschmitztes Grinsen zu verbergen. „Zugegebenermaßen eine gewagte Farbgebung. Marineblau – sehr modern!"

Kai ging um den Sarg herum. Kerzenflammen spiegelten sich glitzernd auf der glatten Oberfläche. Als Kai mit dem Finger sanft über den Sargdeckel strich, murmelte er leise: „Cool!" Doch schon im nächsten Augenblick hatte er ein Gefühl im Bauch, als hätte er Wackersteine gefrühstückt.

Was mache ich hier eigentlich? Ich bin doch nicht tot, schoss es ihm durch den Kopf. Ohne ein weiteres Wort ging er an seiner Großmutter und an Herrn Siebenschein vorbei und verließ den Raum mit den Kindersärgen.

Währenddessen ließ Sandra Ludwig nicht für eine Sekunde aus den Augen. Was, wenn sich das Tier bewegte? Vielleicht würde es sein Netz verlassen und auf sie zulaufen? Sie sah, wie Herr Siebenschein mit Kai und der Oma in einem anderen Zimmer verschwand. Nun war sie allein in diesem Raum, den sie für sich „Ludwigs Zimmer" getauft hatte. Sie ging ein paar Schritte rückwärts, erst dann traute sie sich, ihren Blick von der Spinne abzuwenden. Sie schaute auf den Lichtstrahl und beobachtete die darin tänzelnden Staubflocken. Ab und zu vergewisserte sie sich, dass Ludwig auch brav in seinem Netz blieb. Als sie gerade wieder einen Kontrollblick zu Ludwig warf, erschrak sie, denn auf einmal wurde es dunkler. Sie drehte ihren Kopf und bemerkte, dass kein Licht mehr auf den Steinboden fiel. Draußen vor dem Fenster entdeckte sie einen Mann, der in den Laden starrte. Er trug einen breitkrempigen Hut und hatte den Hemdkragen hochgestellt. Regungslos stand er vor dem Fenster. Sandra wagte nicht, sich zu bewegen. Sie spürte förmlich, wie er mit seinen Augen das Zimmer abtastete. Und als sich ihre Blicke trafen, war es Sandra für einen Moment, als glühten seine Augen rot auf. Sie fuhr zusammen und wich einen Schritt zurück. Dann hörte sie Schritte im Hinterzimmer. Durch den Türrahmen sah sie, wie Kai den Raum durchquerte. Sie wollte ihn rufen, doch als sie erneut zum Fenster blickte, war der Mann verschwunden. Sandra atmete tief durch. Dann ging sie langsam zur Tür und spähte in den anderen Raum. Dort stand Kai vor einem Sarg.

Kai öffnete die Verschlüsse und hob den Deckel an. Das Innere war mit weißem Stoff ausgeschlagen, auf dem ein kleines Kopfkissen lag. Sanft drückte er seine Hand in das weiche Kissen. Es fühlte sich wunderbar an. So unglaublich flauschig. Ob er es wagte, sich in diesen Sarg zu legen? Er erschrak vor seinem eigenen Gedanken. Aber er war doch neugierig. Er wollte wissen, wie es war, in diesem Sarg zu liegen. Er schaute sich kurz um. Er war allein. Herr Siebenschein und seine Oma unterhielten sich noch immer nebenan. So schob er seine Bedenken beiseite, gab sich einen Ruck und stieg langsam in den Sarg. Er setzte sich auf das weiche Innenpolster, streckte die Beine aus und legte sich hin. Als sein Kopf in das Kissen sank, atmete Kai erleichtert aus. Er hatte es getan, er lag in einem Sarg! Es war etwas eng, aber nicht ungemütlich. Vielmehr hatte er das Gefühl, als läge er auf Watte. Dann setzte er sich schnell wieder auf. Das reicht fürs Erste, dachte er und kletterte heraus. Dabei fiel sein Blick zur Tür, wo Sandra stand und ihn beobachtete.

„Gefällt er dir?“, fragte sie leise.

„Nein!“, zischte Kai. Er spürte, wie sein Kopf heiß wurde, und er wendete sich von Sandra ab. „Ich mag es nicht, wenn man mich beobachtet“, sagte er wütend.

„Entschuldige. War keine Absicht.“

Kai schloss den Sargdeckel und ging weg, ohne sich noch einmal nach ihr umzudrehen.

Im gleichen Augenblick kamen Herr Siebenschein und Oma Flammersfeld aus dem Zimmer mit den Kindersärgen.

„Nun, junge Dame?“, erkundigte sich der Schreinermeister schmunzelnd. „Konnten Sie sich noch immer nicht überwinden?“

Sandra beachtete Herrn Siebenschein nicht. Ihre Gedanken waren bei Kai. Er tat ihr so unendlich leid. Sie trat einen Schritt zurück und lehnte sich an die Wand. Ihre Hand berührte dabei etwas, was sich wie eine Kordel anfühlte. Sie schaute hinunter. Es war tatsächlich eine Kordel! Sie führte zu einem großen Tuch, das wiederum an der Wand befestigt war, an der sie lehnte. Was wohl geschehen würde, wenn sie …? Sandra zog mit einem kräftigen Ruck und das Tuch löste sich von der Wand. Langsam schwebte es auf den Boden und Sandra stand vor einem Durchgang. Sie nahm den Kandelaber vom Nussbaumsarg und betrat einen kleinen Raum, in dessen Mitte ein Sarg auf einem Podest stand.

„Kommt alle mal her!“, rief sie, so laut sie konnte. „Schaut mal, was ich gefunden hab!“

Frau Flammersfeld und Herr Siebenschein eilten herbei. Als Kai den Raum betrat, sagte Herr Siebenschein: „Ja, wahrlich ein schönes Stück. Eine kleine Spielerei, die ich mir erlaubt habe." Er lief um das Podest herum und zündete dicke Kerzen an, die in regelmäßigen Abständen aufgestellt waren. Schummriges Licht erfüllte den Raum.

„Also, mir gefällt er", sagte Sandra.

„Ich bemerke, junge Dame", und hier zwinkerte Herr Siebenschein Sandra zu, „Sie haben einen Hang zu außergewöhnlicher Farbgebung. Dies ist das Modell Coupé mit vielerlei Extras. Bitte beachten Sie die Farbe: Rotmetallic! Und als besonderer Clou ... ein zweigeteilter Deckel!" Siebenschein öffnete die obere Hälfte des Deckels.

„Wie praktisch!", rief Großmutter Flammersfeld erfreut. „Das ist doch genau das, was wir suchen, oder, Kai, was meinst du? Gefällt er dir?"

Kai lief um den Sarg herum und betrachtete ihn eingehend. Das Kerzenlicht spielte auf seiner lackierten Oberfläche und der Sarg funkelte und glitzerte. Rotmetallic! Das war's!

„Der ist perfekt", flüsterte er und strich mit den Fingern über den Lack.

„Ich möchte allerdings noch darauf hinweisen, dass dies nun wiederum kein Kindersarg ist. Ich meine, Sie waren doch eben noch dort drüben bei den Särgen für die lieben Kleinen ..." Siebenschein war mittlerweile sichtlich irritiert. „Wer ist denn nun bei Ihnen verstorben?“

„Niemand“, antwortete Kais Oma trocken.

„Niemand?“

„Dürften wir mal Probe liegen?“

„Sie wollen … bitte was?“ Siebenschein traute seinen Ohren nicht. In all den Jahren, in denen er in dieser Stadt für die Toten zimmerte, hatte noch niemand in einem seiner Särge Probe liegen wollen. Doch dann glaubte er zu verstehen.

„Ach so! Sie suchen einen Sarg für sich selbst und haben Ihre Enkel mitgebracht, um Ihnen bei der Auswahl behilflich zu sein.“ Er lächelte Frau Flammersfeld triumphierend an. „Ungewöhnlich. Aber sehr weise, wirklich. Ich schätze vorausschauende Kundschaft.“

Er öffnete auch den unteren Teil des Sargdeckels und bat Kais Oma mit einer einladenden Handbewegung auf das Podest. „Bitte sehr, wenn Sie einliegen möchten …“

Herr Siebenschein hatte jedoch größte Mühe, seine Verwunderung zu verbergen, als ein freudestrahlender Kai anstelle seiner Großmutter in den Sarg stieg und es sich bequem machte.

„Und?“, fragte seine Oma.

„Super!“ Kai war überwältigt. Dieser Sarg war

viel geräumiger als der, in dem er vorhin gelegen hatte. Und weicher war er auch.

„Bei dem kannst du auch ruhig noch ordentlich wachsen, da ist viel Platz“, sagte seine Großmutter.

Sandra schlich um das Podest herum und betrachtete den Sarg von allen Seiten.

„Auf jeden Fall ist genug Stauraum“, ergänzte sie. „Denkt nur mal an das Startset. Passt alles noch neben dich, Kai. Oder hier ans Fußende.“

Siebenschein zog ein Taschentuch hervor und wischte sich den Schweiß von der Stirn.

„I… Ich … Verzeihen Sie, aber ich bin leicht verwirrt. Handelt es sich bei dem Verblichenen doch um ein Kind?“ Er steckte das Taschentuch wieder ein und murmelte: „Ach nein, es war ja niemand gestorben. Aber warum … Ich verstehe das nicht …“

„Dann nehmen wir ihn?“, fragte Großmutter Flammersfeld.

„Bitte, ja.“ Kai kletterte aus dem Sarg und schloss die beiden Teile des Deckels. Obwohl es ihm immer noch irgendwie seltsam vorkam, freute er sich nun über seinen neuen Sarg. Rot. Rotmetallic. Wie cool!

„Würden Sie ihn bitte an diese Adresse liefern?“

Frau Flammersfeld drückte Herrn Siebenschein ihre Visitenkarte in die Hand.

„S… Selbstverständlich. Wi… Wir liefern immer

frei Haus“, stammelte er, und als Sandra, Kai und seine Oma kurz darauf das Geschäft verließen, hörten sie noch: „Also ich verstehe das nicht …“ Dann fiel die schwere Eingangstür von Herrn Siebenscheins Geschäft krachend ins Schloss.

Opa Gismo und das Mondfieber – 5. Tag

Über dem alten Friedhof lag bleierne Stille. Der Mond schien auf die weinenden Engelsfiguren und der Marmor glänzte milchig. Über den Baumwipfeln flatterte lautlos etwas Schwarzes und steuerte im Zickzackkurs auf einen der Marmorengel zu. Dort angelangt, hängte es sich kopfüber an die Nase des Engels und verschwand im Nasenloch. Offensichtlich hatte das schwarze Flatterwesen einige Schwierigkeiten dabei, denn es umklammerte einen Gegenstand, der sich standhaft weigerte, in das Nasenloch hineingezogen zu werden. Schließlich aber war es geschafft und nicht der kleinste Windhauch störte mehr die Ruhe des Waldfriedhofs. Dann zerriss ein ohrenbetäubender Schrei die friedliche Stille. Eine Eule, die gerade aufgewacht war, erschrak so sehr, dass sie laut kreischend das Weite suchte. Unten in der Gruft, bei den Vampiren, brach währenddessen eine Welt zusammen.

„Oh, mein Teufel! Das darf doch nicht wahr sein!“ Eine hochgewachsene, hagere Vampirfrau lief von einer Ecke der Gruft in die andere. Ihre langen, schwarzen Haare wehten dabei hinter ihr her. Es war Guttas, Gangolfs und Gerriths Mutter. In der Hand hielt sie einen Brief, mit dem sie heftig herumfuchtelte.

„Gundula, warum musst du uns nur immer so schlechte Nachrichten bringen? Ich würde so gerne mal etwas Nettes lesen.“

Gundula, das kleine schwarze Flatterwesen, das eine Brieffledermaus war, drehte sich beleidigt um. Sie hatte sich nun bereits das vierte Mal in diesem Monat in dieser Gruft ankeifen lassen müssen. So etwas frustrierte irgendwann selbst die beste Brieffledermaus. Demonstrativ setzte sie sich auf einen Stein an der Wand, ließ sich kopfüber nach hinten fallen und legte ihre Flügel um den zarten Körper.

„Gesine, ich bitte dich. Lass sie! Sie kann doch wirklich nichts dafür“, dröhnte eine dumpfe Männerstimme aus der anderen Ecke der Gruft. Es war Guttas, Gangolfs und Gerriths Vater. Er saß auf dem Deckel seines Sargs, hatte sich in seinen Flugumhang gewickelt und sah sehr betrübt aus.

„Warum macht ihr denn so einen Krach?“ In einem Nebenraum der Gruft fielen drei Sargdeckel mit lautem Gepolter auf den Boden und kurz darauf standen Gutta und ihre Geschwister neben den Eltern.

„Eure Mutter brüllt hier den Friedhof zusammen, nicht ich“, sagte ihr Vater, erhob sich von seinem Sarg und schlurfte zu einem kleinen Schränkchen in die andere Ecke der Gruft. Sein schleppender Gang wollte gar nicht recht zu seiner eindrucksvollen Erscheinung passen. Er war sehr groß und hatte einen muskulösen Körper. Seine schwarzen Haare wippten im Takt, als er den Raum durchschritt. Er holte ein Fläschchen aus einer Schublade des Schrankes und tupfte sich einige Tropfen auf Handgelenke und Haaransatz.

„Entschuldige, wenn ich als Einzige den Ernst der Lage erkenne“, keifte Gesine und wedelte bedeutungsvoll mit dem Brief in der Hand. „Euer Opa Gismo ist schwer erkrankt.“ Sie reichte Gutta das Papier. Ihre Geschwister umringten sie und gemeinsam lasen sie die wenigen Zeilen:

Liebe Familie!
Ich bin sehr krank. Das schreckliche
Mondfieber hat mich befallen.
Ihr wisst ja, was das heißt ...
Ich hoffe, wir sehen uns wieder.
In Liebe, euer Opa Gismo

„Wisst ihr, was das heißt?“ Gutta blickte ihre Eltern fragend an. „Also, ich weiß es nicht.“

„Aber Kinder, das müsst ihr doch in der Schule gelernt haben!“ Gesine von Greifendorf blickte zu ihrem Mann hinüber. „Gottfried, so sag doch auch mal was!“

Dieser räusperte sich. „Euer Opa“, hob er an, „also ... euer Opa hat Mondfieber. Und Mondfieber, ihr Lieben, ist sehr ansteckend und kann nicht geheilt werden. Vampire, die Mondfieber bekommen haben, fallen in einen tiefen Schlaf, aus dem sie viele, viele Jahre nicht mehr erwachen. Manchmal schlafen sie sogar Jahrhunderte. Oder ... für immer. Es ist, als wären sie ... tot. Und weil sie dann nicht mehr essen können, werden sie schwächer und schwächer. So schwinden sie dahin. Jahr um Jahr.“ Er machte eine Pause und blickte seine Kindern an. Als er sah, dass sie den Tränen nahe waren, fügte er schnell hinzu: „Wenn ... wenn sie Pech haben. Ich meine, manche Vampire haben das Fieber gut überstanden. Also, ich meine ... äh ... vielleicht hat Opa Gismo ja auch Glück und ...“

„Ach, Gottfried ... so hätte ich es auch gekonnt.“ Die Vampirin stolzierte auf einen großen Holzsarg zu, der neben dem Schränkchen stand. Sie murmelte leise einige Worte, worauf sich der Sargdeckel unter lautem Knirschen öffnete. „Ich erinnere mich noch gut an die letzte Mondfieber-Epidemie. Schrecklich war das damals, schrecklich. Weißt du noch, Gottfried?“

Er nickte.

„Seinerzeit blieb unsere Familie glücklicherweise weitgehend verschont. Nur meine arme Tante Geysira hat es erwischt.“ Sie schenkte sich aus einer bauchigen Karaffe ein Glas Blutlikör ein. „Auf den Schrecken brauch ich erst mal ein Likörchen. Schlukkul!“ Sie prostete den anderen zu.

„Deine Tante war aber selbst schuld. Bei ihrem Lebenswandel! Kein Wunder, dass sie sich angesteckt hat“, sagte Vater Gottfried.

„Lass den Lebenswandel meiner Tante aus dem Spiel. Der hat überhaupt nichts damit zu tun, das weißt du ganz genau!“, fauchte seine Frau zurück.

„Wieso? Was war denn mit Tante Geysira?“, wollte Gerrith wissen.

„Nun ja, meine Tante war zugegebenermaßen eine etwas sonderbare Vampirin. Sie liebte die Gesellschaft von Menschen.“

„Aber das tun wir doch alle“, sagte Gangolf grinsend und leckte sich über die scharfen Fangzähne.

„Nein, nein. Du verstehst nicht. Sie hatte ein ganz spezielles Interesse an den Menschen. Sie mochte sie so sehr, dass sie irgendwann beschloss, nicht mehr von ihnen zu trinken."

„Nicht mehr von ihnen zu trinken? Und wovon hat sie sich dann ernährt?", fragte Gutta.

„Och, ich glaube, ihre Lieblingsspeise war Kuhblut. Aber so genau weiß ich das auch nicht mehr."

„Und dann? Wie ging es weiter mit Tante Geysira?" Gangolf fand die Vorstellung, sich von Kuhblut zu ernähren, zwar nicht sonderlich verlockend, aber Tante Geysira faszinierte ihn. Sie musste eine wirklich coole Vampirin gewesen sein und für coole Leute hatte er immer etwas übrig.

„Sie ist schließlich in die Stadt gezogen, um näher bei den Menschen zu sein und sie besser studieren zu können. Mit ihrem Sarg hat sie in einer kleinen Wohnung gelebt."

„In einem richtigen Haus?" Gangolf bekam große Augen.

„Ja, natürlich. So machen das die Menschen doch für gewöhnlich. Tja, und dann geschah es. Sie verliebte sich in einen Mann. In einen Menschenmann." Ihre Mutter machte eine Pause.

„Und?", drängte Gutta.

„Leider", fuhr Gesine von Greifendorf fort, „leider war dieser Mann kein herkömmlicher Menschenmann, sondern Wieland von Wünschelsgrund!"

Die Geschwister erstarrten. Sie trauten ihren Ohren nicht. „DER Wieland von Wünschelsgrund? Der schlimmste Vampirjäger aller Zeiten?“, fragte Gutta aufgeregt.

„Genau der“, antwortete ihre Mutter. „Als er herausfand, wer Tante Geysira war, jagte er sie quer durch das Land. Meine arme Tante! In einer Vollmondnacht war es dann wohl so weit. Es schüttete wie aus Kübeln, als er sie in einer Scheune aufspürte. Voller Panik floh sie in die Nacht hinaus. Dann hörte der Regen auf und der Mond brach durch die Wolken. Tante Geysira fand schließlich in einer alten Burgruine Schutz. In dieser Nacht muss sie sich das Mondfieber zugezogen haben. Wirklich tragisch. Dabei wusste sie genau, dass es nicht ratsam ist, klatschnass in einer Vollmondnacht herumzufliegen. Regen und Mondstrahlen – das verträgt sich einfach nicht.“ Sie setzte das Glas an die Lippen und trank den Rest des Blutlikörs in einem Zug.

„Das ist ja wirklich furchtbar“, sagte Gutta. „Wo ist denn die Ruine, von der du gesprochen hast?“

„In der Nähe von Opa Gismos Burg. Nur noch viel tiefer im Wald.“

„Habt ihr denn nie versucht, sie dort zu finden?“, forschte Gutta weiter.

„Ach, mein Kind. Du kannst einem aber auch

Löcher in den Bauch fragen! Natürlich sind wir gleich zu der Burgruine geflogen, als wir von Tante Geysira eine Brieffledermaus bekommen hatten. Aber sie war nicht dort. Keiner von uns hat sie je wieder gesehen. Nur ihre Haarspange haben wir in der Ruine gefunden."

Es wurde ruhig in der Gruft. Dann, nach einer Weile, schluchzte Gerrith: „Armer Opa Gismo."

„Ach, das wäre alles nicht so schlimm, wenn es noch Transsylvanische Schicksalskekse gäbe", sagte Mutter Gesine.

Gutta, Gangolf und Gerrith wechselten aufgeregte Blicke. Hatte ihre Mutter da eben von Transsylvanischen Schicksalskeksen gesprochen?

„Ähm ... Transsylvanische Schicksalskekse würden also gegen das Mondfieber helfen?", fragte Gutta und versuchte, so gut es ging, die Aufregung in ihrer Stimme zu unterdrücken.

„Aber natürlich, mein Kind. Nur Transsylvanische Schicksalskekse helfen gegen das Mondfieber. Alles andere würde an ein Wunder grenzen." Und mit einem Kopfschütteln fügte sie hinzu: „Sagt mal, lernt ihr denn heutzutage gar nichts mehr in der Schule?"

Gutta sah ihre Geschwister an. „Denkt ihr auch, was ich gerade denke?", fragte sie und ein verschwörerisches Grinsen huschte über ihre Gesichter. Im nächsten Augenblick schallte ihr fröhliches Lachen durch die Gruft.

„Entschuldigt bitte, wenn ich eure plötzliche gute Laune ein wenig dämpfen muss.“ Die Vampirin warf ihren Kindern erzürnte Blicke zu. „Ich weiß überhaupt nicht, was es da zu lachen gibt. Aber macht euch nur lustig! Es geht ja auch nur um meinen Vater, nur um euren Opa Gismo. Schon gut. Wie geschmacklos von euch. Pfui!“ Sie wandte sich ab und schluchzte leise.

„Da habt ihr es wieder einmal geschafft“, grollte Vater Gottfried. „Immer müsst ihr eure Mutter zum Weinen bringen.“ Er legte einen Arm um die Schultern seiner Frau. „Komm, Gesine, lass uns ausfliegen. Dann kannst du dich von unseren Kindern erholen.“ Sie gingen zu der Treppe, die nach oben zur Grabplatte führte.

„Aber so wartet doch!“, rief Gutta und hielt ihren Vater am Arm fest. „Wir wissen, wo es Transsylvanische Schicksalskekse gibt!“

Auf einmal war es ganz still in der Gruft. Die Eltern standen wie versteinert auf der Treppe und schauten ihre Kinder an.

„Sag das noch mal“, flüsterte ihr Vater schließlich.

„Wir haben sie nicht gesehen, aber wir wissen, wo es welche gibt“, sagte Gutta. Ihr Herz pochte schnell.

„Was erzählst du da für einen Unsinn?“, schluchzte Mutter Gesine. „Du weißt ganz genau, dass es keine Kekse mehr gibt, seit ...“ Sie stockte.

„Aber es ist wirklich wahr“, rief Gangolf.

„Ach ja?“ Vater Gottfried baute sich vor seinem Sohn auf und schob sein bleiches Gesicht ganz nah an ihn heran. „Dann kann mir der junge Herr ja vielleicht auch sagen, wo es die Schicksalskekse geben soll.“

„Das kann ich, jawohl!“ Gangolf wich keinen Schritt vor seinem Vater zurück. „Die Großmutter hat nämlich welche gebacken, sagt sie.“

„Welche Großmutter?“, fragte sein Vater.

„Die von dem Jungen, den Gerrith neulich gebissen hat.“

Sein Vater bekam große Augen. „Die Großmutter von ... Habt ihr etwa Kontakt mit diesem Menschenjungen gehabt?“ Er brüllte so laut, dass die Gruft bebte. Sein Gesicht verzog sich zu einer Fratze und seine blutunterlaufenen Augen funkelten vor Wut.

„Na ja, wir mussten ihm doch das Startset für Neu-Vampire vorbeibringen“, sagte Gutta.

„Das Startset für Neu…“ Ihre Mutter hielt sich eine Hand vor die Stirn. „Gottfried, ich glaube, ich werde ohnmächtig.“

Mit einem Satz war Gottfried an der Seite seiner Frau und stützte sie. „Was habt ihr euch nur dabei gedacht? Ihr wisst genau, dass es euch streng verboten war, Kontakt mit diesem Jungen aufzunehmen!“ Mit dem Stoff seines Umhanges fächelte er der Mutter Luft zu. „Warum müsst ihr euch immer über alle Vampirtraditionen hinwegsetzen? Ist es nicht schlimm genug, dass Gerrith diesen Jungen ohne Einverständnis der Vampire zu einem der Unseren gemacht hat? Wieso habt ihr ihm auch noch das Startset gegeben?“

„I… Ich hatte ein schlechtes Gewissen. Wie sollte er sich sonst während des Übergangs zurechtfinden?“, flüsterte Gerrith mit gesenktem Haupt.

„Er hatte ein schle… Ich halte das nicht aus!“ Die Mutter schüttelte den Kopf. „Gerrith, was bist du nur für ein Vampir? Vampire haben kein schlechtes Gewissen. Sie haben überhaupt kein Gewissen! Wann lernst du das endlich?“ Gerrith wirkte geknickt und stieß einen tiefen Seufzer aus. Er schämte sich für sein unvampirisches Verhalten.

„Aber dafür wissen wir doch jetzt, wo wir Transsylvanische Schicksalskekse bekommen können.“

Gutta wechselte schnell das Thema. Gerrith tat ihr leid, wie er da so traurig vor ihren Eltern stand.

„Ihr habt sie ja nicht einmal gesehen. Überhaupt – woher weiß diese Menschenfrau von den Keksen?“, erkundigte sich ihr Vater.

„Sie hat das Buch“, sagte Gangolf.

„Das Buch?“ Der Vampirvater horchte auf und blickte seinen Sohn streng an.

„Das verschollene Zauberbuch, genau. Es liegt in Knoblauchblätter eingebunden versteckt in ihrer Küche, sagt sie.“

Vater Gottfried runzelte die Stirn. „Ach ja? Welch unwürdiger Platz“, flüsterte er empört. Doch dann grollte er: „So ein Unsinn! Das kann alles gar nicht sein. Seit Jahrhunderten ist das Zauberbuch verschollen. Es existiert nicht mehr.“

„Aber sie hat ihrem Enkel Kai Schicksalskekse gegeben“, sagte Gutta.

Ihr Vater setzte eine nachdenkliche Miene auf. „Um zu sehen, ob die Umwandlung in einen von uns noch aufzuhalten ist. Ja, das würde schon passen. Dazu hat man die Kekse früher durchaus benutzt.“ Er stolzierte in der Gruft auf und ab. „Ich frage mich nur: Wenn es wirklich wahr ist, was ihr da erzählt, wie kommt eine Menschenfrau an das letzte Zauberbuch der Vampire?“

Mutter Gesine blickte aufgeregt zu ihrem Mann. „Gottfried, glaubst du diese Geschichte etwa?"

„Lass es mich so sagen, Gesine: Ich kann es mir genauso wenig vorstellen wie du. Aber haben wir eine andere Wahl? Wenn wir Opa Gismo helfen wollen, dann müssen wir herausfinden, ob diese Menschenoma wirklich Transsylvanische Schicksalskekse hat oder nicht. Und wenn ja, dann müssen wir uns welche besorgen."

„Das sollte das geringste Problem sein, Gottfried. Wir fliegen einfach hin, beseitigen diese Oma und nehmen uns die Kekse. Und sollte sie das Buch wirklich haben, dann nehmen wir es gleich mit." Die Mutter fletschte bei dieser Vorstellung freudig ihre Eckzähne. „Den rechten Appetit dazu hätte ich."

„Das geht nicht, Gesine." Der Vater machte ein sorgenvolles Gesicht.

„Warum?"

„Die Kinder haben bereits Bekanntschaft mit dieser Menschenfrau gemacht. Da können wir sie nicht mehr einfach … äh … beseitigen. Das ist nicht mit unserer Vampirehre vereinbar. Und die Ehre geht schließlich über alles." Dabei hob er bedeutungsvoll den Zeigefinger.

„Schade." Seine Frau klang enttäuscht.

„Ich befürchte, wir müssen es auf völlig unvampirische Art versuchen“, sagte Gottfried von Greifendorf.

„Du meinst hingehen? Mit dieser Menschenoma reden? Um das Buch betteln? Kein Blutvergießen?“, fragte Mutter Gesine.

„Ja, so in etwa. Leider.“ Er seufzte schwer. „Wir können nicht anders handeln.“ Er fasste die Hand seiner Frau und drückte sie fest. „Vielleicht fallen wenigstens ein paar Schicksalskekse für uns ab.“

„Ganz bestimmt, Kais Oma ist wirklich nett“, sagte Gerrith. „Sie wird sicher Verständnis für unsere Lage haben.“

„So, meinst du …“, murmelte sein Vater. Und nach einer Weile fügte er hinzu: „Kommt, lasst es uns hinter uns bringen! Fliegen wir zu dieser Menschenoma. Und habe der Teufel Mitleid mit euch, wenn ihr uns nicht die Wahrheit gesagt habt, Kinder!“ Bei den letzten Worten bekamen seine Augen einen unheimlichen Glanz.

Mutter Gesine schloss ihren Flugumhang am Kragen und schlurfte die Treppe zur Grabplatte empor. „Bei Menschen betteln gehen zu müssen. Wie erniedrigend!“

Die anderen folgten ihr schweigend.

Kai und Sandra standen mit Oma Flammersfeld im Wohnzimmer vor dem neuen Sarg. Er war am Nachmittag von Herrn Siebenschein geliefert worden. Rotmetallic!

Kai war noch immer ganz begeistert. Die beiden Deckelteile waren hochgeklappt und das Startset für Neu-Vampire lugte aus einer der Seitentaschen des Innenfutters heraus. Um den Sarg herum hatten sie viele Kerzen aufgestellt, die das Wohnzimmer in gedämpftes Licht tauchten.

„Ach, Kai, da hast du aber wirklich eine tolle Wahl getroffen", sagte seine Oma.

„Und wie der Lack glänzt! Ich wette, Gutta, Gangolf und Gerrith haben keinen so tollen Sarg wie du", sagte Sandra und wollte gerade ihre Kamera zücken, um ein Bild zu machen, als es an der Haustür klingelte.

Kais Oma schaute auf ihre Armbanduhr. „Wer ist das denn jetzt noch?" Sie ging über den Flur zur Haustür und öffnete.

„Wer sind Sie denn?", hörten sie Frau Flammersfeld fragen.

„Guten Abend! Darf ich eintreten?" Diese Stimme kannte Kai nicht. Sie klang trotz der freundlichen Worte seltsam bedrohlich.

„Nein!", rief Kais Oma und warf die Tür mit

einem lauten Knall ins Schloss. Eilige Schritte näherten sich dem Wohnzimmer.

„Wer war das?“, fragte Kai, als seine Großmutter den Raum betrat.

„Ein ziemlich großer Vampir mit wallendem schwarzem Haar wollte uns gerade besuchen“, sagte sie und begann in einer Truhe herumzuwühlen.

„Ein … ein was?“ Sandra spürte, wie ihr Herz aussetzte. „Sind Sie sicher? Ich meine, woher wissen Sie, dass es ein Vampir … Vielleicht war es ein Bettler? Oder ein Hausierer?“

„Um diese Uhrzeit? Nein. Ich erkenne einen Vampir, wenn ich ihn sehe. Und ich sage dir, das war einer. Ein unglaublich großer noch dazu!“ Sie angelte zwei Fläschchen aus der Truhe. „Ah, da sind sie ja.“

„Was ist das?“, fragte Kai.

„Weihwasser. Für den Fall, dass der Bursche Sandra oder mir zu nahekommen möchte.“ Sie steckte ein Fläschchen in die Tasche ihres Kleides und gab Sandra das andere. Zu Kai sagte sie mit einem Lächeln: „So etwas brauchst du nun nicht mehr, mein Junge.“ In diesem Augenblick klopfte es an die Scheibe der Terrassentür. Sandra zuckte zusammen. Hinter der Glasscheibe stand … der Vampir! Und er war nicht allein.

„Entschuldigen Sie bitte, würden Sie wohl die Güte haben, diese Tür zu öffnen?“ Dann erkannte Kai, wer da noch seine Nase an die Terrassentür drückte. Es war Gutta. Sie winkte ihm zu.

„Bitte, Kai, mach auf! Wir brauchen eure Hilfe. Es ist wirklich dringend“, rief sie.

Kai schaute zu seiner Großmutter. Sie befühlte kurz die Flasche mit dem Weihwasser in der Tasche ihres Kleides und nickte ihm zu. Sandra setzte sich auf das Sofa und umklammerte ihr Fläschchen. Sie atmete noch einmal tief durch und nickte Kai ebenfalls zu. Er legte den Griff um und die Terrassentür öffnete sich lautlos.

„Danke.“ Gutta schob sich in das Wohnzimmer. Hinter ihr kamen Gangolf und Gerrith und setzten sich sogleich auf das Sofa neben Sandra.

„Guten Abend allerseits“, riefen sie. Aus Gangolfs Flugumhang kam währenddessen ein zaghaftes *Quak*.

Schließlich traten auch die Vampireltern zögernd über die Schwelle der Terrassentür.

Gottfried von Greifendorf würdigte Sandra und Kai keines Blickes. Er ging sogleich auf Kais Großmutter zu, die vorsichtshalber das Fläschen mit dem Weihwasser fest umklammert hielt.

„Ich grüße Sie! Gestatten, Gottfried von Greifendorf." Er verbeugte sich tief. „Und dies", er deutete zur Seite, „ist meine Frau, Gesine von Greifendorf." Die Vampirin hob zaghaft die Hand und winkte Kais Oma zu, das Lächeln auf ihren Lippen wirkte dabei aber sehr verkrampft.

Die Großmutter sagte eine ganze Weile lang nichts, dann sprach sie leise: „Elisabet Flammersfeld. Guten Abend." Sie wandte sich ab und trat zu Kai.

„Dieser unhöfliche Ton", zischte die Vampirfrau ihrem Mann hinter vorgehaltener Hand zu. „Hast du diesen unhöflichen Ton bemerkt?"

Der Vampir legte den Zeigefinger auf die Lippen. „Pssst! Gesine, ich bitte dich!"

Die Vampirmutter tat einige Schritte durch das Wohnzimmer und ließ ihre Blicke über die Einrichtung schweifen. „Wie lange schon bin ich nicht mehr in einem richtigen Haus gewesen", flüsterte sie.

„Und wie sich die Wohngewohnheiten der Menschen geändert haben, nicht wahr, Gesine? Ganz anders als zu unserer Zeit."

Plötzlich erstarrten die Vampire.

Grabesstille legte sich über den Raum.

„Was, bitte, ist das denn?" Gesine von Greifendorf schnappte nach Luft und deutete auf Kais neuen Sarg.

Und während ihrem Mann ein leises „Der Untergang aller Vampirkultur!“ entfleuchte, stürmten Gutta, Gangolf und Gerrith auf den Sarg zu.

„Klasse!“, riefen sie aufgeregt durcheinander. „Der ist ja super!“

„Wo habt ihr den denn ausgegraben?“ Gangolf strich zutiefst beeindruckt über die glänzende Oberfläche des Sarges.

„Nirgendwo“, sagte Kai. „Den haben wir gestern bei Schreinermeister Siebenschein gekauft.“

„Unglaublich!“, rief Gangolf.

„Unmöglich!“, stöhnte seine Mutter. „Wie kann man sich nur so einen Sarg zulegen? Dass man so etwas überhaupt kaufen kann! Das ist ja eine Schande für die ganze Vampirgemeinschaft!“

„Ganz zu schweigen von unserer Familie“, seufzte Vater Gottfried. „Wenn jemals herauskommt, dass einer von uns diesen Menschenjungen zu einem Vampir gemacht hat … Nicht auszudenken! Vielleicht hätten wir nachschauen sollen, ob nicht doch ein Sarg auf dem Friedhof frei ist.“

Kais Oma räusperte sich. „Dazu ist es nun ein wenig spät, nicht wahr? Außerdem, seien Sie doch nicht so altmodisch. Das ist ein wirklich todschickes, modernes Modell!“ Gutta, Gangolf und Gerrith kicherten. Die Furchtlosigkeit, mit der Frau Flammersfeld ihren Eltern entgegentrat, beeindruckte sie.

„Sie haben gut reden“, sagte Gottfried nachdenklich. „Ein Vampir in meiner Position ... Hoffentlich muss ich das nie den anderen erklären ...“ Er schüttelte gedankenverloren den Kopf. Dann erblickte er das Bücherregal der Großmutter und steuerte zielstrebig darauf zu. Es reichte bis unter die Decke und war vollgestopft mit uralten Büchern.

„Ah, sie lesen Vampyroff! ‚Die Leiden des jungen Vampirs‘ und ‚V – eine Stadt jagt einen Vampir‘. Hervorragend, wirklich hervorragend.“ Gottfried von Greifendorf war sichtlich erfreut. So viel Vampirliteratur hatte er bei einem Menschen nicht erwartet.

„Und hier: ‚Viel gejagte Vampire aus Vietnam‘ von Professor Mittertag!“

„Das war mein Professor an der Universität. Ich habe Vampirologie bei ihm studiert, wissen Sie“, warf Oma Flammersfeld ein.

„Nein!“

„Doch!“

„Ich beneide Sie. Dann kennen Sie seine Vorlesung ‚Hanoi – heimliche Hauptstadt der Hui-Vampire‘?“

„Ich half ihm seinerzeit bei den Recherchen.“

„Nein!“

„Wenn ich es Ihnen doch sage!“

„Legendär!“

Gesine von Greifendorf verdrehte die Augen. „Können wir dann vielleicht endlich mal zum eigentlichen Grund unseres Besuchs kommen?“, keifte sie und trommelte ungeduldig mit den Fingern auf die Armlehne des Sofas.

„Darf ich Ihnen vorher ein Tässchen Bluttee anbieten?“, fragte die Großmutter. Kai hob eine Augenbraue.

Wie geschickt von ihr, dachte er. Wenn die Vampire die Einladung zum Bluttee annahmen, dann konnten sie Sandra und seine Oma nicht mehr beißen. So verlangte es die Vampirehre, das hatte er jedenfalls in „Praktische Alltagstipps für Vampire“ gelesen.

Gesine von Greifendorf erhob sich vom Sofa und winkte ab. „Nein, danke.“

„Oh ja, gerne!“, rief ihr Mann und kam vom Bücherregal herüber. „Wie aufmerksam!“ Er stellte sich neben seine Frau, die ihm mit dem Ellenbogen in die Rippen stieß und zum wiederholten Male die Augen verdrehte.

Kais Oma verschwand in der Küche und kam

kurze Zeit später mit einem Tablett zurück. Sie stellte es auf dem Tisch ab und schenkte den Vampiren je eine Tasse Bluttee ein. Nur für sich und

Sandra hatte sie einen tibetischen Schwarztee aufgebrüht.

„Bitte sehr!" Sie reichte jedem eine Tasse. Nur Kai winkte ab.

„Was kann ein einfacher Mensch wie ich denn für sie tun?", fragte sie.

„Nun ja." Die Vampirmutter hüstelte. „Wir ... wir bekamen heute eine recht unangenehme Nachricht mit der Brieffledermaus. Mein Vater Gismo ist schwer an Mondfieber erkrankt. Eine fürchterliche Krankheit, wissen Sie. So gut wie unheilbar. Und nun haben unsere Kinder erzählt, dass Sie ... Also, wir ..." Hilflos fuchtelte sie mit ihren schmalen Händen in der Luft umher. Dann brach es aus ihr heraus. „Hach, ich schaffe es einfach nicht. Es ist wirklich zu erniedrigend. Einen Menschen um etwas bitten zu müssen – fürchterlich! Das ist mehr, als ich ertragen kann!"

„Was meine Frau sagen möchte, ist", fuhr Gottfried fort, „dass ..."

„Verstehe", unterbrach ihn Frau Flammersfeld. „Sie möchten Transsylvanische Schicksalskekse. Warum haben Sie das nicht gleich gesagt?" Sie stellte ihre Tasse beiseite und ging wieder in die Küche.

„Das ging überraschend einfach", murmelte Gesine von Greifendorf, als Kais Oma weg war.

„Was erwartest du? Diese Frau besitzt Weitsicht. Sie hat bei Professor Mittertag studiert.“ Der Vater blickte schwärmerisch in Richtung Küchentür.

„Ach, du mit deinen Professoren“, fauchte seine Frau. „Hauptsache, wir kriegen diese Kekse. Und dann nichts wie weg hier.“

Kurz darauf kam Frau Flammersfeld in das Wohnzimmer zurück. In der Hand hielt sie eine Büchse, in der ein gutes Dutzend goldgelbe Kekse lagen.

„Bitte sehr! Ich hoffe, die reichen. Sonst können Sie gerne noch mehr haben.“

Gottfried von Greifendorf nahm die Keksdose entgegen. „D… Danke sehr!“ Die anderen Vampire scharten sich um ihn und ein Raunen ging durch das Wohnzimmer. „Transsylvanische Schicksalskekse. Echte, wirkliche Transsylvanische Schicksalskekse!“, jubelten sie.

„Ein Wunder“, schwärmte der Vampirvater und schaute Oma Flammersfeld freudestrahlend an. „Sagen Sie, könnten wir vielleicht einen klitzekleinen Blick auf das Buch …“

„Jaja. Ein Wunder“, unterbrach seine Frau barsch. „Und sehr nett von Ihnen, Frau Flammersfeld, wirklich. Aber nun müssen wir gehen.“ Sie riss ihrem Mann die Dose aus der Hand und stopfte sie unter ihren Flugumhang.

„Aber Gesine, wir können doch nicht so unhöflich sein und sofort wieder verschwinden! Nach all der Hilfe, die uns in diesem Haus zuteilwurde. Außerdem habe ich meinen Bluttee noch gar nicht ausgetrunken." Und schon stand Gottfried von Greifendorf wieder am Bücherregal und vertiefte sich in eine verstaubte Sonderausgabe von ‚Der Vampir als Vegetarier – eine Unmöglichkeit?'.

„Gottfried, ich bitte dich! Wir sollten die Kekse so schnell wie möglich zu meinem Vater bringen. Er ist krank, wenn ich dich daran erinnern darf. Er leidet!" Die letzten Worte betonte Gesine von Greifendorf besonders stark und ihr Blick verhieß nichts Gutes. Doch ihr Mann war in ein angeregtes Gespräch mit der Großmutter verwickelt – über Sprossensalat mit Blutsoße.

„Kinder, haltet mich zurück, sonst geschieht ein Unglück!"

„Ich habe eine Idee!" Gutta zupfte ihre Mutter am Ärmel. „Wir müssen ja nicht alle zu Opa Gismo fliegen. Ich kann das machen und wir treffen uns später in der Gruft wieder."

„Du? Ganz allein? Auf keinen Fall!"

„Ich nehme Kai mit. Dann kann er gleich das Fliegen üben."

Ihre Mutter sah sie entsetzt an. „Bist du des

Wahnsinns? Das kommt erst recht nicht infrage!", zischte sie. „Es bleibt dabei: kein weiterer Kontakt zu dem Jungen! Schlimm genug, dass wir bei diesen Menschen um die Kekse betteln mussten. Und außerdem mag Opa Gismo keine Menschen in seiner Burg, das weißt du ganz genau!" Sie schenkte sich eine Tasse Bluttee nach. „Einer deiner Brüder soll dich begleiten."

Kai, der alles mit angehört hatte, atmete erleichtert aus. Er erinnerte sich nur zu gut an seine ersten Flugversuche beim Pavillon am See. Die Beule prangte immer noch auf seinem Kopf. Er blieb lieber mit beiden Beinen auf dem Boden.

„Lass nur, Gesine", rief da Gottfried von Greifendorf vom Bücherregal herüber. „Ich glaube, so schlecht ist Guttas Idee nicht. Wo der Junge nun einmal einer von uns wird, muss er das Fliegen üben. Und außerdem … ", hier warf er Gangolf und Gerrith einen durchdringenden Blick zu, „außerdem könnten sich unsere Jungs hier mal ordentlich umschauen und etwas über menschliche Behausungen lernen. Das täte ihnen sicherlich gut!"

Und während Gesine leise „Ich werde noch wahnsinnig" murmelte, freute sich ihr Mann über eine Erstausgabe von ‚Viktor van Vunkeln – Viel gereister Vampir aus Flandern'.

Kai schluckte, als er Guttas fragende Blicke sah. Er hatte kein gutes Gefühl dabei, Sandra und seine Großmutter mit den Vampiren alleine zu lassen. Er ging zu seiner Oma, die gerade eine Kanne frischen Bluttee auf dem Wohnzimmertisch abstellte.

„Was meinst du? Soll ich mitfliegen?"

„Nur zu, mein Junge. Wenn du möchtest."

„Kann ich euch denn wirklich mit den Vampiren allein lassen?"

„Geh nur. Wir kommen schon zurecht. Vergiss nicht, sie haben die Einladung zum Bluttee angenommen. Und außerdem haben wir ja noch das Weihwasser." Sie lächelte Kai an. Dann wandte sie sich den Vampiren zu und rief: „Noch eine Runde Bluttee für alle?"

Kai ging zum Sofa und setzte sich neben Sandra.

„Ist es okay, wenn ich gehe?"

Sandra nickte. „Langsam gewöhne ich mich an die da", flüsterte sie und deutete auf die Vampire. „Ist schon in Ordnung. Mir geht's gut. Wir sehen uns nachher."

Kai sah an ihrem Gesichtsausdruck, dass sie nicht wirklich meinte, was sie sagte. Und er bemerkte, dass ihre Hand in der Hosentasche steckte und das Weihwasserfläschchen fest umklammerte.

„Wir beeilen uns", sagte er und stand vom Sofa

auf. Er ging zu seinem Sarg und kramte den Flugumhang aus dem Startset für Neu-Vampire.

„Ich frage mich, wo die Kinder den aufgetrieben haben", sagte die Vampirfrau mit einem argwöhnischen Blick auf den Umhang, den sich Kai gerade lässig über die Schultern geworfen hatte. Sie kramte die Keksdose unter ihrem Flugumhang hervor und drückte sie Kai in die Hand. „Passt bloß gut darauf auf!"

Gutta und Kai traten auf die Terrasse. „Bis später dann", rief Kai den anderen zu und schloss die Tür. Sie gingen ein paar Schritte den Pfad entlang bis zum Pavillon.

„Dann wollen wir mal, was?" Gutta hob sachte vom Boden ab und schwebte über Kais Kopf. „Na los, komm!"

Kai knöpfte seinen Umhang zu. Sofort fühlte er sich federleicht. Wie war das noch? Ganz fest daran denken, dass man fliegen möchte … Er schloss die Augen und stellte sich vor, wie er hinauf zu Gutta segelte und seine Füße vom Boden abhoben. Da spürte er plötzlich, wie ihn der Wind erfasste. Er wehte unter seinen Umhang und im nächsten Augenblick verschwand der Boden unter seinen Füßen. Kai öffnete die Augen und sah Gutta neben sich.

„Prima, das machst du gut!"

„Es funktioniert. Ich fliege! Ich fliege!“ Kai breitete die Arme aus. Sie stiegen höher und höher. Das Haus seiner Oma und die Bäume im Garten waren bald nur noch kleine Punkte.

„Müssen wir so hoch fliegen?“, fragte Kai nach einer Weile, als sich eine kleine Wolke unter sie schob. Er bekam ein mulmiges Gefühl im Magen, als er die Baumwipfel kaum noch sehen konnte.

Gutta ergriff seine Hand. Zuerst zuckte Kai zurück, als er ihre kalten Finger spürte. Doch dann hielt er sie ganz fest. „Ich denke, das reicht!“, rief Gutta und gemeinsam flogen sie dem Mond entgegen. Unter ihnen lag, so weit das Auge reichte, der tiefe, finstere Wald.

KURTS GEHEIMNIS

Scheinbar unendlich lange flogen sie über den dichten Wald. Wie ein schwarzes Meer breitete er sich unter ihnen aus und nur hier und da stachen einige besonders hoch gewachsene Bäume hervor.

„Dort ist es!“, rief Gutta schließlich und zeigte auf eine halb verfallene Burgruine, die auf dem einzigen Berg thronte, der weit und breit zu sehen war. Mit einer leichten Rechtskurve steuerten sie auf die Ruine zu.

„Siehst du das beleuchtete Fenster im Turm?“, fragte Gutta.

Kai nickte.

„Dort ist Opa Gismos Wohnzimmer. Lass uns auf dem Fenstersims landen.“ Mit einem Lächeln fügte sie hinzu: „So machen wir Vampire das nämlich normalerweise. Durch Türen zu gehen, ist tierisch unvampirisch.“ Sie verlangsamte ihren Flug. Schon tauchte das Fenster vor ihnen auf.

„Eine gute Übung für dich, Kai“, sagte Gutta. „Das Stehen in der Luft und die Landung auf einem Fenstersims. Das ist schon etwas für Fortgeschrittene!“

„Dann kann ich es sicher noch nicht.“ Kai beobachtete, wie Gutta direkt vor dem Fenster stoppte und bewegungslos in der Luft schwebte, während er beständig kleine Kreise vor ihr drehte und dabei wild mit den Armen herumfuchtelte.

„Natürlich kannst du es.“ Gutta landete sachte auf dem Fenstersims und machte es sich bequem. „Zuerst hör auf, so mit deinen Armen herumzuwedeln. Das ist völlig unnötig.“ Sie lachte. „Denk an eine Situation, in der du dich richtig gut gefühlt hast. Ein schönes Erlebnis. Fällt dir was ein?“

Kai fand diese Frage äußerst unpassend. Schließlich hatte er alle Mühe, seine Kreise zu drehen und nicht vom Wind davongetragen zu werden.

„Was soll das jetzt? Sag mir lieber, wie ich heil auf den Fenstersims komme.“

„Mach ich doch gerade. Wirst schon sehen. Also, denk nach.“

Kai schlug ein paarmal kräftig mit den Armen und beschrieb flatternd einen besonders großen Kreis. Er überlegte. Ein tolles Erlebnis? Vielleicht als er beim Mountainbike-Rennen im Wald als Erster ins Ziel gekommen war? Das war ein wirklich großer Erfolg für ihn gewesen, immerhin hatte er dabei Jan in der letzten Kurve abgehängt, und das wollte etwas heißen. Jan war nämlich zwei Jahre älter als er und so ziemlich der beste Mountainbiker der Schule. Aber wenn er es sich recht überlegte, dann gab es da noch etwas anderes. Etwas noch viel Schöneres.

Im letzten Schuljahr hatte er in der Schultheatergruppe „Die faulen Ratten" mitgespielt. Und obwohl er riesiges Lampenfieber gehabt hatte und am liebsten davongerannt wäre, als er auf die Bühne musste, hatte er sich überwunden und war vor das Publikum getreten. Die ersten Atemzüge im Rampenlicht waren fürchterlich gewesen. All die Eltern, die Lehrer und die Mitschüler, die unten im Zuschauerraum saßen. Er war sich nicht sicher gewesen, ob er überhaupt ein Wort herausbekommen würde. Aber er hatte es geschafft! Und später, am Ende der Vorstellung, als er das Klatschen der Leute gehört und sich verbeugt hatte, da hatte er sich großartig gefühlt. Ja, er war sogar richtig stolz, dass er seine Angst überwunden und vor so vielen Menschen gespielt hatte. In diesem Moment hatte er sich richtig gut gefühlt! Und das erzählte er Gutta.

„Oh, ein Schauspieler", sagte sie kichernd. „Na

schön, dann denk nun an das gute Gefühl. Denk an deinen Erfolg. Spüre ihn.“

Kai schloss die Augen. Er sah sich auf der Bühne stehen. Das helle Licht der Scheinwerfer blendete ihn. Der Applaus tobte. Er verbeugte sich tief.

„Und nun denk an das Fliegen“, fuhr Gutta fort. „Stell dir vor, wie du reglos in der Luft schwebst und dich nicht von der Stelle bewegst.“

„Da muss ich aber an eine Menge Sachen gleichzeitig denken“, stöhnte Kai. Er versuchte sich zu konzentrieren. Seine Augen waren noch immer fest geschlossen. Und dann spürte er es. Dieses starke Kribbeln im Körper, als er an die Theateraufführung dachte.

Gut, und nun noch an das Fliegen denken, ging es ihm durch den Kopf. Puh, das war gar nicht so einfach!

Er öffnete die Augen – und schwebte vor Gutta in der Luft. Ganz ruhig. Ganz still.

„Prima! Siehst du, es geht doch“, rief sie. „Und nun schön vorsichtig hier neben mir landen.“ Sie deutete mit der Hand auf den kalten Stein des Fenstersimses. „Langsam … Ja, so ist es gut. Immer daran denken, wohin und wie du fliegen möchtest. Sachte! Das sieht gut aus, Kai …“

Kai machte eine kleine Drehung und berührte

mit einer Hand den Fenstersims. Sein linkes Bein folgte, und gerade wollte er sich neben Gutta setzen, da rutschte er ab.

Mit einem lauten Aufschrei stürzte er in die Tiefe. Der Umhang flatterte um seinen Kopf. Alles, was er sehen konnte, war der schwarze Stoff. Er breitete die Arme aus, ruderte wild damit in der Luft herum. Nichts geschah. Er fiel tiefer und immer tiefer. Gleich würde er auf dem Boden aufschlagen. Gleich. Gleich. Da plötzlich spürten seine Finger raue Steine. War das der Burgturm? Im Fall suchten seine Finger weiter nach Halt, wurden von den Steinen aufgerissen, bis sie bluteten.

Auf einmal spürte Kai eine Vertiefung in der Mauer. Blitzschnell krallte er sich in das Loch im Mauerwerk. Ruckartig endete sein Fall und der Umhang legte sich sanft um seinen Körper. Kai schnappte nach Luft. Sein ganzer Körper zitterte. Er blickte nach unten. Er hing tatsächlich an der Mauer des Turms.

„Kai, ist dir etwas passiert? Kai?“ Im Sturzflug eilte Gutta herbei. Atemlos blieb sie vor Kai in der Luft stehen. „Teufel auch, das war knapp!“, flüsterte sie. Kai hing regungslos an der Turmmauer, seine Hände krallten sich verzweifelt in die Fuge.

„I… Ich …“ Kai schluchzte. Er schaute auf den

Waldboden, der viele, viele Meter unter ihm lag. Erst jetzt begriff er, wie viel Glück er gehabt hatte.

„Ist dir etwas passiert?“, fragte Gutta. Als sie das Blut an seiner verletzten Hand sah, weiteten sich ihre Augen.

„Es geht schon.“ Kai zitterte noch immer. Wenn seine Hände den rettenden Vorsprung nicht gefunden hätten … Er schauderte.

„Komm, wir fliegen zusammen zum Fenster zurück.“ Gutta reichte ihm ihre Hand. Doch Kai klammerte sich fest an die Mauer.

„Was ist?“

„I… Ich kann nicht.“

„Was soll das heißen: Du kannst nicht?“

„Ich habe Angst.“ Bei dem Gedanken, wieder fliegen zu müssen, zitterte Kai noch mehr.

„Aber ich bin bei dir. Ich werde dich festhalten. Komm.“ Wieder streckte Gutta ihm ihre Hand entgegen.

„Nein!“ Kai schüttelte den Kopf.

„Warte.“ Gutta flog näher, streckte einen Arm aus und legte ihre Hand auf seine Wange.

„Schau mir in die Augen!“, befahl sie, und als sich ihre Blicke trafen, murmelte sie leise einige Worte, die Kai nicht verstehen konnte. Sie wiederholte diese seltsamen Worte immer und immer wieder. Schließlich spürte Kai an der Stelle, an der ihre Hand seine Wange berührte, etwas Seltsames. Es wurde warm. Die Wärme drang durch seine Haut, strömte von der Wange aus durch seinen ganzen Kopf, dann den Rücken hinunter bis zu den Füßen. Innerhalb von Sekunden hatte er das Gefühl, sein ganzer Körper glühte vor Hitze und würde von ihr durchspült. Ihm wurde unerträglich heiß. Am liebsten hätte er den Flugumhang abgeworfen.

Gutta murmelte die seltsamen Worte immer schneller und Kai spürte plötzlich, wie sich die Hitze wieder aus seinem Körper zurückzog. Zuerst fühlte er es an den Füßen. Mit einem feinen Kribbeln verabschiedete sich die Wärme und kroch das Bein empor. Immer höher wanderte sie, bis sie durch die Wange austrat und in Guttas Hand zu fließen schien. Es war, als ziehe Gutta die Temperatur aus seinem Körper und nähme dabei seine Angst mit. Als Gutta schließlich die Hand von seiner Wange nahm, war mit den letzten Wogen der Wärme auch der letzte Funken der Angst verschwunden.

„Jetzt komm“, sagte sie und schwebte los.

„Was war das?“ Kai war überwältigt. Sosehr er die Angst in sich suchte, er konnte sie nicht mehr finden. Sie war einfach verschwunden.

„Du solltest vielleicht deine ‚Praktischen Alltagstipps für Vampire' genauer lesen, Kai", sagte Gutta. „Ich habe gerade den ‚Griff der Gefühle' bei dir angewandt." Sie winkte ihn zu sich.

Kai ließ die Mauer los, an die er sich eben noch verzweifelt geklammert hatte, und schwebte seelenruhig zu Gutta.

„Den ‚Griff der Gefühle'?", fragte er.

Sie flogen wieder hinauf zu Opa Gismos Wohnzimmerfenster.

„Wozu haben wir dir eigentlich dieses Buch gegeben, wenn du es nicht liest?" Gutta setzte sich auf den Fenstersims und blickte auffordernd zu Kai. Der schwebte vorsichtig an das Fenster heran, blieb kurz in der Luft stehen und setzte sich dann mit einer kleinen Drehung neben Gutta.

„Siehst du, es geht doch", sagte sie anerkennend.

Kai lächelte.

„Nun sag schon, was ist der ‚Griff der Gefühle'? Kann ich das auch?" Kai platzte vor Neugier.

„Nur, wenn du mir versprichst, das Buch endlich durchzulesen", sagte Gutta.

„Versprochen!" Kai hob eine Hand. „Ich schwöre es!"

„Na schön. Wir Vampire saugen nicht immer nur Blut, weißt du. Manchmal geht es uns auch um etwas ganz anderes."

„Ach ja?“

„Manchmal geht es uns auch um Gefühle. Irgendwann, Kai, wirst du merken, dass es Gefühle gibt, die du als Mensch gut kanntest und die dir als Vampir fehlen. Sie sind einfach nicht mehr da.“

„Sie sind einfach nicht mehr da? Und welche Gefühle sollen das sein?“

„Das ist bei jedem Vampir anders. Nimm Gangolf, zum Beispiel. Oder mich. Bei uns ist es die Angst.“ Gutta lachte. „Du weißt ja gar nicht, wie lange ich schon keine Angst mehr gespürt habe“, sagte sie. „Ewigkeiten!“

„Und da hast du eben ...“ Kai schluckte.

„Genau. Ich habe deine Angst aus dir herausgesaugt und sie in mir gefühlt. Es war großartig! Du hattest wirklich sehr große Angst. Wunderbar!“

„Wunderbar? Also, ich weiß nicht. So wunderbar fand ich sie eigentlich nicht.“

„Natürlich nicht. Aber wenn du seit über zweihundert Jahren keine Angst mehr hattest, dann freust du dich, ihr mal wieder zu begegnen. So als ob du einen Freund triffst, den du lange nicht mehr gesehen hast.“

„Hm, wenn du meinst.“ Kai konnte sich wirklich nicht vorstellen, dass er ein Gefühl wie Angst je vermissen würde.

„Welches Gefühl mir wohl abhandenkommen wird?“, fragte er nachdenklich.

„Das wirst du schon noch früh genug merken“, sagte Gutta. „Bei Gerrith ist es der Mut.“

„Ach ja?“, sagte Kai spitz. „Davon habe ich aber nichts bemerkt, als er mich gebissen hat.“

Gutta schluckte. „Nun, da hat er ... sagen wir mal ... geübt.“

„Bitte?“

Gutta rutschte auf dem Fenstersims hin und her. „Gerrith wünscht sich nichts so sehr auf der Welt, wie wieder mutig zu sein. Sich stark zu fühlen. Gangolf hat ihm dafür ein Übungsprogramm ausgearbeitet.“

„Willst du damit sagen, dass ich Teil eines Übungsprogramms war?“

Gutta schwieg und blickte verlegen nach unten.

„Danke. Vielen Dank, dass ich dabei eine tragende Rolle spielen durfte!“ Kai wandte sich von Gutta ab. Einem Übungsprogramm für einen kleinen, mutlosen Vampir hatte er es also zu verdanken, dass er zu einem blutsaugenden Untoten werden sollte! Und eins stand fest: Das Gefühl der Wut war ihm nicht abhandengekommen. Kai bebte vor Zorn. Er rutschte von dem Fenstersims und flog einmal um die Burgruine herum. Dabei schlug er kräftig mit den Armen. Er wollte sich die Wut aus dem Bauch fliegen. Dann schwebte er zu einem Fenster des Wohnzimmers, das genau neben dem lag, vor dem Gutta saß. Lange Zeit sprach Kai gar nichts. Er spähte durch die verstaubten Scheiben in den beleuchteten Raum. Dann sagte er: „Euer Großvater ist wohl etwas schlampig, was?"

„Schlampig?", kam es vom Nachbarfenster herüber. „Ich bitte dich! Opa Gismo ist noch ganz Vampir der alten Schule. Es gibt wohl kaum einen Vampir, der ordentlicher ist als Opa Gismo!" Gutta segelte zu Kais Fenster.

„Wie kommst du darauf?"

Dann schaute sie ebenfalls in das Wohnzimmer ihres Großvaters.

„Um Teufels willen! Was ist das denn?", rief sie entsetzt. Hinter der Glasscheibe bot sich ihnen ein Bild der Verwüstung. Überall lagen Sachen auf dem Boden verstreut. Hosen, Hemden, die verschiedensten Umhänge – alles lag wild durcheinander. Ohne zu zögern, stieß Gutta das Fenster auf.

„Da stimmt doch was nicht", flüsterte sie und sprang in den Raum. Kai folgte ihr. Plötzlich flog ein Rabe vom Burgturm herab, setzte sich vor das geöffnete Fenster und spähte neugierig in das unordentliche Zimmer.

„Schau nur, sein Sarg!“ Gutta ging in die Mitte des Raumes. Dort stand Opa Gismos Sarg auf einem Podest. Er war aus braunem Edelholz und war über und über mit feinen Schnitzereien bedeckt. Das jedenfalls dachte Kai zuerst. Doch als er genauer hinsah, erkannte er, dass die Schnitzereien in Wirklichkeit Namen waren, die in das Holz hineingeritzt waren. „Erdmute, 17.3.1493“ stand da oder „Walligardt, September ’72“.

Gutta bemerkte Kais fragenden Blick. „Unser Opa liebt die Frauen. Jede Besucherin muss sich auf seinem Sarg verewigen.“ Sie grinste. „Wie du siehst, ist auf dem hier nicht mehr viel Platz. Aber er hat ja noch ein paar mehr davon.“ Sie ging zu dem Sargdeckel, der in einer Ecke des Raumes lag. „Das passt gar nicht zu ihm.“ Sie hob den Deckel auf und legte ihn auf den Sarg. „Er würde seine Wohnung nie so verlassen.“

„Ich dachte, er ist krank“, sagte Kai.

„Eben. Eigentlich müsste er regungslos im Sarg liegen. Mit Mondfieber läuft man nicht mehr so einfach in der Gegend herum.“ Sie verschwand in ein anderes Zimmer.

Kai schaute sich um. Gleich neben dem Sarg hing ein riesiger Kronleuchter von der Decke herab, der den Raum hell erleuchtete. Auch an den Wänden hingen in regelmäßigen Abständen Kerzenleuchter. Es gab kein elektrisches Licht. Nicht einmal eine Steckdose konnte er entdecken.

Kais Blick glitt über die Wände und blieb an einem alten Ölgemälde hängen. Es war schauerlich. In dunklen Farben zeigte es ein Skelett, das Geige spielte und dazu tanzte. Im Bücherregal, das gleich hinter dem Sarg an der Wand stand, sah Kai einige Glasbehälter. Irgendetwas Glibberiges schwamm darin und Kai wollte lieber gar nicht genauer wissen, was es war.

Er schlich zu einem riesigen Esstisch in der anderen Ecke des Zimmers. Der Tisch war so groß, dass er niemals in das Esszimmer seiner Eltern gepasst hätte. Kai zählte zwölf Stühle, die um den Tisch herum standen, ein weiterer Stuhl prangte am Kopfende. Seltsame Stühle sind das, dachte Kai. Sie hatten hohe Lehnen, die oben spitz zuliefen, und in jede von ihnen war eine Fledermaus geschnitzt.

Auf dem Tisch stand eine Obstschale. Kai sah neugierig hinein, schrak jedoch sogleich wieder zurück. „Das ist ja widerlich!“, stöhnte er und schaute gleich noch einmal. In der rostigen Obstschale lagen Äpfel – oder vielmehr das, was von ihnen übrig war. Ein dicker blaugrüner Flaum überzog die Überreste. So viel Schimmel auf einmal hatte Kai noch nie gesehen. Er wucherte bereits am Schalenrand empor. Wie eklig!

Kai wandte sich ab. In diesem Augenblick stürmte Gutta zurück ins Zimmer.

„Hier geht es nicht mit rechten Dingen zu!“, rief sie.

„Was ist?“

„Opa Gismos Reiseornat hängt noch in seinem Schlafzimmer!“

„Äh ... sein was?“ Kai schaute Gutta fragend an.

„Seine Reisekleidung.“

„Ja, und?“

„Und?“ Gutta wedelte wild mit den Armen in der Luft herum. „Opa Gismo würde niemals ohne seinen Reiseornat ausfliegen. Es sei denn, er ist auf der Jagd.“

„Dann ist er vielleicht auf der Jagd.“ Kai schauderte bei diesem Wort.

„Er war doch erst vorgestern auf Beutefang.“ Gutta schüttelte verständnislos den Kopf. „Ein Vampir in seinem Alter jagt nicht mehr so häufig, weißt du. Nein, ich befürchte, hier ist etwas anderes geschehen.“

„Und was ist das mit dem Reiseornat?“

„Opa Gismo würde niemals ausfliegen und Besuche machen, ohne vorher seinen Reiseornat anzulegen. Er ist da sehr altmodisch. Er sagt immer, es sei unhöflich, andere Vampire ohne angemessene Kleidung zu besuchen. Schließlich mache die Kleidung den Vampir.“ Gutta lächelte, als sie Kais fragenden Blick sah. „So sind sie eben, die Vampire der alten Schule.“

Am offenen Fenster hüpfte derweil der Rabe auf dem Sims umher und schlug dabei mit den Flügeln. Dann steckte er seinen Kopf ins Wohnzimmer und begann zu krächzen. Erst sehr leise, doch schließlich so laut, dass es in den Ohren schmerzte.

„Halt den Schnabel, du nervst!“, fauchte Gutta ihn an. Der Rabe zeigte sich jedoch gänzlich unbeeindruckt.

„Der macht mich wahnsinnig!“, rief Kai nach einer Weile, denn der Rabe hatte immer noch nicht aufgehört zu krächzen. Kai kramte die Dose mit den Schicksalskeksen unter seinem Umhang hervor und holte einen Keks heraus.

„Halt endlich die Klappe!“, rief er, und noch bevor Gutta ihn daran hindern konnte, hob er den Arm und warf dem Vogel einen Keks zu. Der Rabe flatterte in die Luft und fing den Keks mit dem Schnabel auf. Sofort begann er, genüsslich an dem Gebäck herumzuknabbern.

„Vorzüglich, wirklich vorzüglich! Diese Köstlichkeit habe ich schon seit Ewigkeiten nicht mehr zu mir nehmen können." In Windeseile hatte er das Gebäck verspeist. „Dürfte ich vielleicht noch einen haben?", krächzte er.

Kai und Gutta standen mit weit aufgerissenem Mund da.

„Äh, ja. N… Natürlich." Kai fischte einen weiteren Keks aus der Dose und warf ihn dem Vogel zu.

„Sehr nett." Im Handumdrehen hatte er auch diesen Keks aufgefressen. „Wenn ich mich kurz vorstellen darf: Mein Name ist Kurt. Eure Namen kenne ich bereits, ich beobachte euch nämlich schon ein ganzes Weilchen." Er verbeugte sich so tief, dass seine Schwanzfedern hoch in die Luft standen.

„S… Sehr erfreut", flüsterte Gutta.

„Was ist das denn?", zischte Kai. „Wieso kann er sprechen?"

Gutta zuckte mit den Schultern. „Keine Ahnung", sagte sie leise.

„Das genau ist das Problem, liebes Vampirfräulein!" Der Rabe hüpfte ins Wohnzimmer und flatterte auf den Kronleuchter.

„Was?", fragte Gutta.

„Dass niemand Ahnung hat", sagte der Rabe. „Früher, ja, früher war alles anders!" Er hielt für einen Moment inne und fuhr dann in schwärmerischem Ton fort: „Da gab es noch echte Gespräche zwischen Raben und Vampiren, wahren Austausch der Gedanken. Ach, wenn ich nur an all die Abende denke, die ich seinerzeit mit Diskussionen in diesem Raum hier verbracht habe. Heute, ja, heute ist alles ganz anders."

„Das verstehe ich nicht …" Gutta schüttelte den Kopf.

„Siehst du, junge Dame, das meine ich. Aber macht euch nichts draus, das geht vielen so. Wer weiß denn heute schon noch, dass Vampire und Tiere einst miteinander reden konnten?"

„Ach ja?" Gutta wirkte sehr verblüfft.

„Sicher! Als es noch Transsylvanische Schicksalskekse gab, damals, in der guten alten Zeit, da war vielleicht was los, das kann ich euch sagen! Wir haben viel mit den Vampiren geredet, rauschende Feste gefeiert. Wir mussten nur einen Keks essen und schon konnte es losgehen. Ach, das waren herrliche Zeiten! Aber heute … Wenn ich nur an all die Beinahezusammenstöße in der Luft denke! Die machen das Fliegen zum Abenteuer. Aber sagt mal, woher habt ihr die Kekse eigentlich? Ich dachte, es gäbe keine mehr."

„Oh doch klar, meine Oma …" Kai wollte Kurt

gerade alles erzählen, doch der Rabe unterbrach ihn barsch.

„Na ja, ist ja auch nicht so wichtig. Es besteht Hoffnung. Die alten Zeiten brechen wieder an. Wie herrlich!“

„Meine Oma …“ Kai versuchte ein weiteres Mal Kurts Frage zu beantworten, doch auch dieser Versuch endete erfolglos. Schließlich gab er auf.

„Was ich euch zu sagen habe, ist von äußerster Wichtigkeit!“ Kurt flog zurück auf die Fensterbank.

„Weißt du etwas über meinen Opa?“, fragte Gutta.

„Genau darum geht es! Hört zu.“ Der Vogel machte eine Pause, in der er sich mit dem Schnabel über die Federn strich. „Mein Freund Gismo von Greifendorf, dein Opa …“, hier machte er wieder eine kleine Pause, „… ist entführt worden!“

Gutta schrie auf. „Entführt?“

„Ja. Gestern, kurz vor Sonnenuntergang, kamen zwei Männer hierher. Ich war gerade dabei, mein Nest oben unterm Turmdach auszubessern. Der Sturm neulich hatte es doch arg mitgenommen. Ich konnte gar nicht mehr gemütlich darin sitzen, wisst ihr …“

„Kurt!“

„Entschuldigt. Ich neige zu Abschweifungen …

Nun, ich besserte also mein Nest aus. Da sah ich sie durch den Wald schleichen. Einer war sehr hager und gab ständig Befehle. Der andere war riesig und recht dick und schlurfte hinter dem Dünnen her. Irgendwie war mir klar: Ärger ist im Anmarsch. Das liegt wahrscheinlich an meinem guten Einfühlungsvermögen. Hat meine Tante Christine jedenfalls immer gesagt …"

„Kurt!"

„Verzeihung. Ich bin natürlich sofort zu Gismos Schlafzimmerfenster geflogen und habe laut gegen das Glas gepickt. Aber er hat mich nicht gehört." Kurt wischte sich mit dem rechten Flügel über den Schnabel. „Dann habe ich alles mit ansehen müssen. Es war schrecklich. Wirklich schrecklich! Die Männer rannten durch das große Eingangsportal und standen kurz darauf hier im Wohnzimmer. Sie machten sich sofort am Sarg zu schaffen. Das Krachen der Scharniere … fürchterlich. Wirklich fürchterlich! Mir schwante Schlimmes. Einer von ihnen zog ein Parfümfläschchen hervor, während der andere den Sargdeckel anhob. Als sie jedoch bemerkten, dass Gismo nicht im Sarg lag, wurden sie so wütend, dass sie das ganze Zimmer verwüsteten. Schaut euch doch nur mal hier um! Schlimm. Wirklich schlimm."

„Und dann?“, rief Gutta aufgeregt.

„Dann gingen sie rüber zum Schlafzimmer. Ich flatterte natürlich sofort an das andere Fenster. Dort sah ich es.“ Kurt kratzte sich am Kopf.

„Was? Was hast du gesehen?“ Gutta wurde laut.

„Sie stellten sich um den Sarg, so wie sie es zuvor schon im Wohnzimmer getan hatten. Der Dünne hielt das Fläschchen in der Hand, der große Dicke hob den Sargdeckel an. Und dann ... oh, es war grauenhaft, wirklich grauenhaft!“

„Kurt!“

„Entschuldigung. Der Dicke öffnete also den Sarg. Die Sonne war gerade hinter den Baumwipfeln versunken und Gismo hatte just in diesem Moment die Augen aufgeschlagen. Er fragte noch: ‚Wer sind Sie denn?‘, da hielt ihm der dünne Mann das Fläschchen schon vors Gesicht und besprühte ihn mit weißem Nebel.“ Kurt schaute Gutta an. „Dein Großvater fiel sofort wieder auf das Kopfkissen zurück.“

„Knoblauchnebel! Sie haben ihn mit Knoblauchnebel betäubt!“, rief Gutta.

„Sie zerrten Gismo aus seinem Sarg, schleppten ihn die Turmtreppen hinunter und stopften ihn in eine dieser rollenden Kisten.“

„Was?“, fragte Gutta.

„Ich glaube, er meint ein Auto", sagte Kai.

Kurt nickte. „So nennt man das, glaube ich. Ach, das war ein schauderhafter Anblick. Fürchterlich, wirklich fürchterlich!"

Gutta senkte den Blick. „Unser armer Opa. Und das, wo er doch so krank ist!"

„Krank? Gismo von Greifendorf krank? Du beliebst zu scherzen." Kurt schüttelte sein Gefieder.

„Aber ja. Wir haben einen Brief von ihm bekommen. Darin steht, dass er Mondfieber hat", sagte Gutta.

Kurt brach in schallendes Gekrächze aus. „Mondfieber, soso!" Er plusterte seine Federn auf, sodass er kugelrund aussah. „Also, wenn ich eins weiß, dann, dass dein Opa mit Sicherheit kein Mondfieber hat. Mondfieber, pah! Gismo erfreut sich bester Gesundheit. Er ist seit Jahren nicht mehr krank gewesen." Kurt schüttelte sein Gefieder, bis es wieder glatt am Körper anlag.

„Kein Mondfieber?", fragte Gutta.

„Mitnichten!", sagte Kurt voller Überzeugung.

„Was sollte dann dieser Brief?" Gutta fuhr sich mit der Hand durch die Haare und legte ihre Stirn in Falten. Dann kniff sie die Augen zusammen. „Natürlich …", flüsterte sie.

„Was?", fragte Kai.

„Es liegt doch auf der Hand. Opa Gismos Entführer haben diese Nachricht geschrieben." Ihre Stimme wurde lauter. „Ja, so muss es gewesen sein. Sie haben den Brief geschickt, damit wir uns von Opa Gismo fernhalten. Schließlich ist Mondfieber ansteckend. So konnten sie ihn in aller Ruhe verschleppen, ohne zu befürchten, dass wir nach ihm suchen würden."

Kurt riss seine Rabenaugen auf: „Welch hinterhältiger Plan!"

„Sag mal, bist du hinter dem Auto hergeflogen?", wollte Gutta wissen.

„Selbstverständlich, was glaubt ihr denn? Was wäre ich denn für ein Freund, wenn ich das nicht täte? Ich also hinterher, was gar nicht so einfach war, das kann ich euch sagen. Wir hatten nämlich starken Gegenwind an diesem Abend. Jedenfalls stoppte das Auto bei einem Haus am Stadtrand. Dort wurde Gismo ausgeladen. Mehr weiß ich leider auch nicht. Die Fenster waren alle verhängt, wisst ihr. Ich konnte nicht in die Zimmer sehen."

„Verstehe." Gutta strich sich übers Kinn. „Kannst du uns dort hinbringen?"

„Wenn ihr wollt."

„Dann los. Wir haben keine Zeit zu verlieren." Gutta stieß sich vom Boden ab und schwebte zum

Fenster hinaus. Kai und Kurt folgten ihr. Sie flogen den weiten Weg zur Stadt zurück, nur dass es Kai dieses Mal länger vorkam. Sehr viel länger. Kurt flatterte nervös neben Kai her und redete unablässig auf ihn ein. Und als sie schließlich die Lichter der Stadt am Horizont erblickten, da hatte Kurt ihm nicht nur seine ganze Lebensgeschichte erzählt, sondern Kai hatte außerdem seinen ersten Passagier. Kurt hatte unterwegs vor lauter Gekrächze Seitenstechen bekommen und sich kurzerhand auf Kais Schulter niedergelassen, nachdem er sich kurz erkundigt hatte: „Es macht dir doch nichts aus, oder?“

Kai hatte unehrlicherweise mit „Aber nein, mach ruhig!“ geantwortet, was er für den Rest des Flugs bitter bereute. Kurt erzählte so viel, dass Kais Ohr zu schmerzen begann.

„Da unten am Waldrand müssen wir rechts abbiegen“, krächzte der Rabe schließlich und wies mit dem Flügel auf eine schlecht beleuchtete Straße. Sie setzten zum Sinkflug an und folgten der Straße bis zu ihrem Ende.

„Jetzt scharf links halten. Hm, nein, hier war es nicht ... Vielleicht weiter dort drüben ... Ja, da bei der Wiese! Das alte Haus hier, das ist es!“ Kurt hüpfte aufgeregt auf Kais Schulter hin und her.

„Hör auf damit!“, rief Kai. „Du bringst mich

aus dem Gleichgewicht!“ Er schaukelte bedrohlich von einer Seite zur anderen.

„Hier haben sie Gismo aus dem Auto gezerrt und ins Haus geschleppt“, sagte Kurt. Es war ein sehr altes Haus mit Reetdach und Butzenscheiben. Ein schmaler Feldweg führte von seiner Hinterseite in die Dunkelheit.

„Was machen wir nun?“, fragte Kai.

„Lass uns näher heranfliegen“, sagte Gutta und sie segelten auf das Gebäude zu. Hinter einigen Fenstern brannte Licht. In einem Raum leuchtete eine Stehlampe und das Flackern eines Fernsehers zuckte durch das Zimmer. Aber es war niemand zu sehen. Als sie schließlich vor der Haustür schwebten, neben der ein Schild mit der Aufschrift „Mondscheinpfad 13“ prangte, flüsterte Gutta: „Fliegen wir besser zu deiner Oma zurück, Kai. Wir müssen beraten, was wir jetzt machen.“

„In Ordnung“, sagte Kai und folgte Gutta in den Nachthimmel. Kurt war die ganze Zeit nicht von seiner Schulter gewichen.

„Lass deinen Schnabel aus meiner Torte!“, meckerte Kais Großmutter und stupste Kurt vom Teller. Sie hatte sich ein großes Stück gegönnt, nachdem sich die Vampireltern verabschiedet hatten.

„Entschuldigung“, krächzte Kurt, worauf er ein erstauntes Kopfschütteln erntete.

„Ein sprechender Vogel. Tss, tss … Hätte ich gewusst, welche Wirkung meine Transsylvanischen Schicksalskekse haben … Was für ein Potenzial! Warum hat man an der Universität nur nie davon gehört?“ Sie kniff nachdenklich die Augen zusammen. „Wo, sagt ihr, war das Haus?“

„Mondscheinpfad. Mondscheinpfad 13.“ Gutta lief aufgeregt durch das Wohnzimmer. Der Mond schien hell durch das Fenster.

„Mondscheinpfad, Mondscheinpfad. Den kenne ich doch. Mir ist, als ob …“ Kais Großmutter nahm einen kräftigen Schluck Tee aus ihrer Tasse. Es war immer noch derselbe, den sie vorhin aufgebrüht hatte, als die Vampire gekommen waren. Mittlerweile war er kalt und sehr bitter geworden, doch so mochte sie ihn am liebsten.

„Natürlich!“ Frau Flammersfeld stellte die Tasse ab und klatschte in die Hände. „Warum bin ich nicht gleich darauf gekommen? Wankelmann! Rufus Wankelmann wohnt dort!“

„Rufus Wankelmann?“, tönte es vom Sofa. Dort saß Sandra und drehte das kleine Fläschchen Weihwasser zwischen den Fingern. „Was für ein seltsamer Name“, sagte sie.

„Was für ein seltsamer Typ!“, entgegnete die Großmutter. „Ein alter Kollege aus Studientagen. Ein fürchterlicher Mensch war das, wirklich! Wir studierten beide bei Professor Mittertag Vampirologie. Ständig versuchte sich Wankelmann bei ihm einzuschleimen – es war kaum auszuhalten. Aber es hat nichts genützt.“ Sie setzte ein verschmitztes Lächeln auf. „Ich war Professor Mittertags Lieblingsstudentin. Das hat Rufus nie ertragen können. Er war damals unheimlich eifersüchtig auf mich. Und dann all seine seltsamen Theorien! Ihr macht euch ja keine Vorstellung davon.“ Nun musste sie herzhaft lachen. „Einmal wollte er beweisen, dass es Zwergvampire gibt, die in hohlen Eichen leben.“ An dieser Stelle musste Gutta schmunzeln. „Welch absurder Gedanke! Eines Morgens fand man ihn schlafend an eine Mauer gelehnt, neben ihm eine Axt. Und rund um die Universität waren alle alten Eichenbäume gefällt. Also, ich bitte euch! Wer kommt denn auf solche Ideen?“ Sie tippte sich an die Stirn.

„Aber was macht Opa Gismo in seinem Haus?“ Gutta setzte sich neben Sandra auf das Sofa.

„Wer weiß, was er sich dieses Mal ausgedacht hat?“, sagte Frau Flammersfeld. „Aber eins ist klar: Es wird nichts Gutes sein.“

„Dann sollten wir schleunigst herausfinden, was", sagte Sandra. Sie stand auf und trat an die Terrassentür. „Aber das werden wir wohl morgen machen müssen."

„Was? Bist du wahnsinnig? Wieso denn morgen? Wir müssen sofort etwas unternehmen!", keifte Gutta sie an.

„So? Dann schau mal nach draußen!"

Gutta erschrak. Am Horizont wich das Schwarz der Nacht einem zaghaften Blau, das den Beginn des neuen Tages ankündigte. „Ich muss sofort gehen", rief Gutta. Und ohne ein weiteres Wort zu verlieren, stürmte sie an Sandra vorbei, riss die Terrassentür auf und flog davon. Kai trat auf die Terrasse. Er blickte Gutta nach, bis sie nur noch ein dunkler Punkt war und immer kleiner wurde.

Dann spürte er, wie sich etwas auf seine Schulter setzte. Es war Kurt. „Ich werde nun auch in mein Nest zurückfliegen. Muss weiter ausbessern, weißt du. Außerdem muss ja irgendjemand auf Gismos Burg aufpassen." Er stieß sich von Kais Schulter ab. „Mach's gut!", krächzte der Rabe und segelte davon.

„Tschüss, Kurt!", sagte Kai leise. „Schlaf schön."

Er drehte sich um und ging zurück ins Wohnzimmer. Sandra und seine Großmuter waren nicht mehr da. Oben im Badezimmer hörte er Wasser rauschen. Kai schaute zum Podest, auf dem sein Sarg stand. Rotmetallic! Er ging zu ihm hinüber und legte seine Hand auf die kühle, glatte Oberfläche. Ein Kribbeln durchströmte ihn.

„Noch nicht“, flüsterte er. Dann pustete er die Kerzen aus und ging die Stufen zu seinem Zimmer hinauf.

BESUCH IM MONDSCHEINPFAD NUMMER 13 – 6. TAG

Die Sonne war kaum untergegangen, da klopfte es an die Terrassentür.

„Ich mach schon auf", rief Sandra, düste ins Wohnzimmer und öffnete die Tür. Draußen standen Gutta, Gangolf und Gerrith.

„Hallo, Sandra!" Gangolf setzte ein breites Grinsen auf, als er sich an ihr vorbei ins Zimmer zwängte. Sandra wich einen Schritt zurück.

„Hallo", sagte sie leise und wartete, bis auch Gutta und Gerrith eingetreten waren. Dann setzte sie sich auf die Couch. Es dauerte keine Minute, da saß Gangolf neben ihr. Aus der Tasche seines Umhanges tönte ein leises *Quak*.

„Du, Gangolf, kann ich dich mal was fragen?", fragte Sandra ruhig.

„Hm."

„Was hast du da eigentlich in deiner Umhangtasche?"

Gutta und Gerrith fingen an zu kichern.

„Falsche Frage zur falschen Zeit“, prustete Gutta und Gerrith gluckste hinter vorgehaltener Hand: „Sein bestgehütetes Geheimnis!“

„Ich verstehe nicht.“ Sandra blickte zwischen den beiden hin und her.

In diesem Augenblick kam Kais Großmutter ins Wohnzimmer. „Hallo zusammen! Gut, dass ihr so früh da seid.“ Kai folgte ihr und winkte den Vampiren zu.

„Wo sind denn eure Eltern?“, fragte seine Oma und strich sich eine Strähne ihres grauen Haars aus dem Gesicht.

„Fragen Sie nicht, Frau Flammersfeld. Bei uns in der Gruft geht es drunter und drüber“, sagte Gerrith.

„Wieso?“ Kai setzte sich zwischen Gangolf und Sandra auf die Couch. „Was ist denn mit dir los?“, fragte er, nachdem er einen Blick auf Gangolfs Gesicht geworfen hatte. „Du bist so rot.“

„Nichts.“ Gangolf stand hastig auf und ging zum Bücherregal herüber. Kai, Sandra und die Oma sahen einander ratlos an, während Gutta und Gerrith erneut losprusteten.

„Nun, unserem Vater geht es überhaupt nicht gut. Er liegt in seinem Sarg und ist krank“, sagte

Gutta, nachdem sie sich wieder beruhigt hatte. „Er ist gestern Nacht beim Metzger in der Stadt eingestiegen und hat sich Blutwürste besorgt."

„Und?" Kais Großmutter zuckte mit den Schultern und sah Gutta fragend an.

„Und nun ist er krank."

„Von Blutwürsten? Ich dachte immer, die können Vampire essen."

Gerrith lachte. „Aber nicht, wenn sie davon zwölf Stück auf einmal in sich hineinstopfen."

„Oh!"

„Unsere Mutter sitzt die ganze Zeit am Sarg und hält seine Hand. Ich schätze, das gefällt ihm gar nicht." In Gerriths Stimme lag ein wenig Schadenfreude.

„Aber er ist viel zu schwach, um sich dagegen zu wehren", sagte Gutta. Und er verpasst heute eine Mitgliederversammlung der IVK."

„IVK?" Sandra schaute Gutta fragend an.

„Interessenvereinigung der Vampire von Kleinfriedhöfen", erklärte Gerrith. „Unser Vater ist der Vorsitzende."

„Was du nicht sagst." Kais Großmutter schüttelte den Kopf. „Was es nicht alles gibt! Und was haben sie zu der Sache mit eurem Opa gesagt? Haben sie eine gute Idee, was jetzt zu tun ist?"

Gangolf und Gerrith blickten verstohlen zu Boden, dann zu ihrer Schwester.

„Wieso ich?“, fragte sie.

„Du kannst das besser als wir“, sagte Gangolf leise. Gerrith errötete und schwieg.

„Das ist total unfair“, protestierte Gutta.

„Was ist denn los?“ Sandra zog die Schultern hoch.

„Also … wir … wir müssen euch was sagen.“ Kai bemerkte erstaunt, das Gutta stockte. „Unsere Eltern, also …“

Sie machte eine lange Pause.

„Ja?“ Sandra setzte sich so, dass sie Gutta direkt in die Augen sehen konnte.

„Das wird euch jetzt nicht gefallen“, fuhr Gutta leise fort. „Unsere Eltern wissen gar nichts von Opa Gismos Entführung.“

Schlagartig wurde es totenstill im Wohnzimmer. Ein Windhauch kam durch die offene Terrassentür und es war, als trüge er den Geruch von Gewitter mit sich, von Donner und Blitz.

„Sag das noch mal!“ Frau Flammersfeld sprach so leise, dass es kaum zu hören war.

Kai hob die Hand. „Nicht nötig, ich glaube, wir haben es alle verstanden.“

„W… Wir dachten, es sei besser, wenn unsere Eltern glaubten, Opa Gismo liege in seinem Sarg und erhole sich vom Mondfieber. Es gab in letzter Zeit so viel Ärger in der IVK. Und jetzt wurde unser Vater auch noch krank. Wir wollten nicht, dass sie sich noch mehr Sorgen machen. Wir dachten, mit eurer Hilfe schaffen wir das auch allein." Gerrith blickte noch immer auf den Boden. Er sah aus wie eine Schildkröte, die ihren Kopf eingezogen hatte.

„Ach, dachtet ihr, ja?" Kai wurde lauter. „Tolle Idee, wirklich. Und wir dürfen jetzt euren Opa aus Wankelmanns Klauen befreien, oder was?", brüllte er auf einmal durch den Raum.

Die Vampire schwiegen.

„So sieht es wohl aus." Seine Großmutter ließ sich neben Sandra auf der Lehne der Couch nieder.

„Das seh ich gar nicht ein!" Kai erhob sich und rannte von einer Ecke des Zimmers in die andere. „Ist das unser Problem?" Während er brüllte, traten feine Äderchen auf Stirn und Wangen hervor. Wie ein bläuliches Geäst schimmerten sie durch die Haut.

„Es tut mir leid, wirklich. Wir dachten …"

„Ihr dachtet! So." Kai baute sich vor Gutta auf. Er schob sein Gesicht so nah an ihres heran, dass sie seinen Atem spürte. „Weißt du, was ich denke? Ich glaube, ihr solltet euch allein um euren Opa kümmern."

In diesem Augenblick bewegte sich etwas durchs Wohnzimmer. Es war Gangolf. Blitzschnell, sodass Sandra und Frau Flammersfeld ihn kaum sehen konnten, war er vom Bücherregal zu Kai herübergeflitzt. Er packte Kais Arm und drehte ihn hinter dessen Rücken.

„Pass auf, wie du mit meiner Schwester sprichst, hörst du?“, brüllte er mit blutunterlaufenen Augen. Sein Gesicht hatte sich zu einer Fratze verzogen.

„Was willst du? Lass mich los!“ Kai stieß Gangolf so kräftig von sich weg, dass dieser quer durch den Raum geschleudert wurde, an die gegenüberliegende Wand knallte und langsam zu Boden sank. Sofort richtete er sich wieder auf und schoss erneut auf Kai zu. Gangolf knurrte und entblößte seine scharfen Eckzähne, die gefährlicher und spitzer wirkten als sonst.

Kai stellte sich breitbeinig hin. Mit leicht vorgebeugtem Oberkörper erwartete er Gangolfs Angriff.

„Dich mach ich fertig!“, zischte der Vampir.

„Versuch's doch!“

Wie Raubkatzen umkreisten die beiden einander. Kai öffnete den Mund, und zum ersten Mal in seinem Leben drang ein bedrohliches Fauchen aus seinem Rachen, derselbe Laut, vor dem er sich auf dem alten Friedhof so sehr gefürchtet hatte.

Chraaaa machte er immer und immer wieder. *Chraaaa*!

Die aufgeregten Stimmen der anderen nahm Kai nicht mehr wahr.

Gangolf ballte seine Hände zu Fäusten, machte einen schnellen Schritt nach vorn und verpasste Kai einen Schlag vor die Brust. In hohem Bogen flog er auf das Sofa. Die Stelle, an der Gangolf ihn getroffen hatte, begann höllisch zu schmerzen. Kai rappelte sich wieder auf und sprang auf den Tisch.

„Das wirst du mir büßen!“, schrie er und warf sich auf Gangolf. Er landete auf dem Vampir und umklammerte ihn mit Armen und Beinen – wie eine Spinne ihr Opfer.

Sandra sah mit Entsetzen zu, wie Kai versuchte Gangolf in den Hals zu beißen.

„Schluss jetzt!“ Die Großmutter stand plötzlich vor Gangolf und Kai, die ineinander verknäult über den Boden rollten. In der ausgestreckten Hand hielt sie ein kleines Glasfläschchen. Doch Gangolf und Kai scherten sich nicht um sie. Sie prügelten aufeinander ein, knurrten und fauchten. Sie fletschten die Zähne und rissen sich an den Haaren. In diesem Moment wäre es Gangolf fast gelungen, seine Zähne in Kais Hals zu schlagen. Doch kurz bevor er zubiss, fiel ein feiner Nebel auf die beiden herab. Sobald die Feuchtigkeit ihre Haut berührte, ließen sie voneinander ab.

„Aua! Was war das?“ Kai presste sich die Hände vors Gesicht und wälzte sich auf dem Boden hin und her. Seine Haut spannte so sehr, dass er das Gefühl hatte, sie würde zerreißen. Jede einzelne Pore brannte wie Feuer. Sein Gesicht schwoll an und ein feines Geäst aus Adern trat hervor.

Gangolf ging es nicht viel besser. Auch er schrie auf und krümmte sich vor Schmerzen. Seine Hände waren mit dem Nebel in Berührung gekommen und jetzt schwollen sie stark an. „Ich verbrenne! Ich verbrenne!“, brüllte er immer wieder.

„Du verbrennst nicht. Stellt euch nicht so an“, sagte Kais Großmutter trocken. „Und jetzt steht auf.“ Sie zerrte die beiden vom Boden hoch. „Seid froh, dass ich euch nur mit einem Spritzer Weihwasser erschreckt habe.“

Gangolf stockte der Atem. „W… Weih…“

Frau Flammersfeld grinste ihn an. „Noch ein Spritzer? Es ist noch genug da.“

„Bist du denn wahnsinnig?“, zischte Gangolf. „Du hättest mich verletzen können!“

„Ach!“

„Mach das nie wieder!“, grummelte er.

„Dann hört jetzt mit diesem Unsinn auf. Lasst

uns lieber gemeinsam überlegen, was wir machen können."

„W... War das ernsthaft gefährlich?" Kai wischte sich mit dem Umhang über das Gesicht. Seine Haut brannte noch etwas, doch der Schmerz ließ langsam nach.

„Es war weniger gefährlich als dein Kampf mit Gangolf." Gutta stand ganz dicht neben ihm und flüsterte ihm zu. „Du hättest verloren, Kai." Dann ging sie zurück zum Sofa und setzte sich wieder neben Sandra, die Kai mit großen Augen ansah.

„Kai hat Recht", sagte Gutta so, als ob sie zu sich selbst spräche. „Es ist unsere Sache." Sie erhob sich wieder, ging zum Wohnzimmertisch und stellte sich vor die anderen. „Wir möchten euch um Hilfe bitten. Ich weiß, es war nicht richtig von uns, unseren Eltern nicht die Wahrheit über Opa Gismo zu sagen. Würdet ihr uns trotzdem beistehen?"

Kai schwieg. Er verspürte plötzlich eine tiefe Abneigung gegen die Vampire. Immer wenn er daran dachte, dass sie ihn zu einem der Ihren gemacht hatten, wurde er wütend. Er blickte zuerst zu Gutta, dann zu Gangolf und Gerrith und wurde noch wütender. „Ich bleibe dabei. Ich sehe nicht ein, weshalb wir uns da einmischen sollten, das ist euer Problem", sagte er.

„Ich weiß nicht, warum du so sauer bist, Kai“, sagte Sandra leise.

„Ich schon“, sagte seine Oma.

„Es liegt an der Umwandlung“, flüsterte Gutta.

Kais Großmutter nickte bejahend. „Wenn ein Mensch zum Vampir wird, leidet er unter starken Gefühlsschwankungen. Das gehört einfach zur Umwandlung dazu.“

„Ach so ...“ Sandra stand von der Couch auf, ging auf Kai zu und legte ihren Arm um seine Schultern. „Und wenn ich dich bitte? Mir tun die drei leid. Ich würde ihnen gerne helfen“, flüsterte sie ihm ins Ohr.

Kai sah sie nachdenklich an. In diesem Augenblick wurde ihm bewusst, wie sehr er seine Freundin bewunderte. Seit dem verhängnisvollen ersten Ferientag hatte sie stets zu ihm gehalten. Sie war immer für ihn da und es war nie ein Problem für sie gewesen, dass er nicht derselbe Kai bleiben würde, den sie bisher gekannt hatte. Dieser Gedanke machte ihn froh und er war stolz darauf, eine so tolle Freundin zu haben.

„Na schön“, seufzte er, „weil du es bist.“

„Danke“, sagte sie und drehte sich zu den Vampiren um. „Und wie wollen wir die Aktion nun angehen?“

„Wir wissen ja nicht einmal, wo genau dieser Wankelmann unseren Opa gefangen hält“, sagte Gerrith.

„Wir könnten Wankelmann einfach beißen und dann in aller Ruhe sein Haus durchsuchen“, schlug Gutta vor.

„Super Idee! Ich bin dabei!“, rief Gangolf.

„Ach ja? Rufus mag seltsam sein, aber er ist nicht dumm. Er hat sicher vorgesorgt. Unmengen Knoblauch gegessen, in Weihwasser gebadet oder etwas Ähnliches.“ Oma Flammersfeld schüttelte den Kopf. „Wir sollten uns sein Haus im Mondscheinpfad mal genauer anschauen. Vielleicht fällt uns dann etwas ein. Los, lasst uns gehen.“ Sie strich ihr Kleid glatt. „Einverstanden?“

„Einverstanden!“ Gangolf erhob sich und breitete die Arme unter seinem Umhang aus.

„Ich sagte ‚gehen‘, nicht ‚fliegen‘.“ Kais Großmutter holte ihre Handtasche aus dem Flur. „Wir sollten jede Auffälligkeit tunlichst vermeiden.“ Sie ging zur Terrassentür und bedeutete den anderen hinauszugehen. „Wer weiß, wo Rufus überall seine Spione hat.“

 Als alle draußen waren, zog sie die Terrassentür hinter sich ins Schloss.

Es war ein sonderbares Gefühl für die Vampire, den Weg zu Fuß zurückzulegen und nicht zu fliegen.

„Ein Spaziergang! So etwas habe ich schon lange nicht mehr gemacht“, sagte Gerrith und riss am Wegesrand einen Grashalm ab, auf dem er herumzukauen begann. Er warf ihn jedoch sofort wieder weg – er schmeckte scheußlich.

„Hoffentlich sind wir bald da, meine Füße tun mir schon weh“, jammerte Gangolf.

„Dort vorne ist es doch schon“, sagte Frau Flammersfeld und deutete auf einen kleinen Weg, an dessen Anfang ein Schild hing. „Mondscheinpfad“ stand da in verschnörkelten Buchstaben.

„Na endlich!“

Doch Gangolf freute sich zu früh.

Wankelmanns Haus war nicht nur das einzige Haus im Mondscheinpfad, es befand sich auch ganz am Ende des Weges. So liefen sie also die lange Straße entlang, wobei Gangolf unablässig stöhnte und sich die ganze Zeit bitterlich über die Fortbewegungsgewohnheiten der Menschen beschwerte.

Bei einer riesigen alten Eiche machten sie schließlich halt. Vor ihnen lag ein weißes Häuschen mit Butzenscheiben und einem Reetdach. Ein kleiner Eisenzaun umschloss einen etwas verwilderten Garten und am Eingangstor prangte ein Schild:

Rufus Wankelmann Vampirologe

Das Haus lag fast ganz im Dunkeln. Nur aus einem der Fenster drang ein schwacher Lichtschein und erhellte einige Sträucher im Garten.

„Schaut euch das an“, flüsterte Sandra und zeigte auf die Kellerfenster. „Alles vergittert!“

„Und an jedem Fenster hängt Knoblauch. Seht ihr?“ Gangolf rümpfte die Nase. „Den riecht man ja bis hierher. Widerlich!“

„Selbst am Schornstein baumelt dieses eklige Zeug“, sagte Gutta und deutete auf das Dach.

„Na schön, ihr kommt also weder durch die Fenster noch durch den Schornstein rein. Aber lasst doch mal sehen ...“ Frau Flammersfeld schlich von einem Busch zum nächsten, bis sie schließlich neben einem der Kellerfenster stand. Sie untersuchte es gründlich und nach einer Weile winkte sie die anderen herbei.

„Hier“, flüsterte sie, als sich alle um sie scharten. „Er war nicht vorsichtig genug!“ Sie grinste und zeigte auf das Fenstergitter.

„Was ist damit?“, fragte Gerrith leise.

„Die Schrauben ...“

„Ja ...?“

Kais Oma kramte in ihrer Handtasche und zog ein Taschenmesser hervor. Triumphierend hielt sie es den anderen vor die Nase.

„Für uns gar kein Problem!“ Sie klappte einen winzigen Schraubenzieher auf und machte sich am Fenstergitter zu schaffen. Es dauerte nicht lange, bis sie es abgeschraubt hatte. Vorsichtig stellte sie es neben das Fenster.

„Jetzt haben wir aber ein Problem“, flüsterte Kai. „Das Fenster ist zu.“

„Ach, das nennst du ein Problem? Lasst mich mal.“ Gangolf trat vor die Fensterscheibe und ritzte an der Stelle, wo innen der Fenstergriff saß, mit dem Nagel seines Zeigefingers über das Glas. Ein Quietschen durchbrach die nächtliche Stille.

„Um Teufels willen, sei leise!“, fauchte Gutta.

„’tschuldigung“, sagte Gangolf und bemühte sich, etwas weniger Lärm zu machen. Kurz darauf legte er ein Stück Scheibe neben sich und griff durch das Loch im Fensterglas.

„Bitte sehr!“ Mit einer einladenden Handbewegung wies er zum offenen Fenster.

„Und wer soll reinklettern?“, fragte Kai.

„Nun, für mich ist das Fenster zu klein. Aber nicht für einen von euch“, sagte Oma Flammersfeld.

Gerrith schluckte nervös. „Einer von uns?"

„Ja, du Angsthase." Gangolf klopfte ihm auf die Schulter.

„Ich geh schon", sagte Gutta. „Kommt jemand mit?"

Kai überlegte. Es war sicherlich gefährlich, durch das Haus zu schleichen und nach Opa Gismo zu suchen. Aber auch wesentlich spannender, als hier draußen im Garten zu warten. Und wenn er sich schon dazu hatte überreden lassen, bei der Suche mitzumachen, dann wollte er nicht nur herumstehen. Er blickte zu Sandra. Sie blinzelte ihm zu. „Ich!", sagte er schließlich.

„Gut." Seine Oma ignorierte die verwunderten Blicke der anderen. „Dann lenke ich Wankelmann solange wie möglich ab." Sie verdrehte die Augen. „Hoffentlich fällt mir genug Gesprächsstoff ein." Sie wandte sich Sandra zu. „Hast du Lust mich zu begleiten?"

„Ja, klar."

„Ach, und wir stehen hier dumm rum, oder was?", schnauzte Gangolf und zeigte auf sich und seinen Bruder.

„Seht ihr den dicken Ast in der Eiche dort drüben?", fragte Kais Oma.

„Sicher", sagte Gerrith.

„Das wäre doch genau der richtige Platz, um von dort Wache zu halten, meint ihr nicht auch?"

„Wache schieben? Gute Idee! Das machen wir." Schon schwebte Gerrith einige Zentimeter über dem Boden. „Komm, Bruderherz, fliegen wir auf unseren Posten."

Gangolf knurrte mürrisch. „Wache – pah! Da ist ja mal wieder das Langweiligste für mich übrig geblieben." Er breitete die Arme aus und flatterte hinauf in die Eiche, was von einem leisen *Quak* aus seiner Umhangtasche begleitet wurde. Die anderen hörten noch, wie er Gerrith ankeifte. „Wache schieben. So was Langweiliges! Aber dir gefällt das natürlich wieder, was? Du bist wirklich der ängstlichste Vampir, der mir je begegnet ist, Gerrith."

„Alle bereit?", fragte Oma Flammersfeld.

Sandra, Kai und Gutta nickten.

„Dann los. Wir haben keine Zeit zu verlieren. Viel Glück! Und passt auf euch auf!" Frau Flammersfeld und Sandra marschierten Richtung Haustür. Wenig später war ein Klingeln zu hören, das wie das Bellen eines heiseren Hundes klang.

„Jetzt schnell, sonst sieht uns dieser Wankelmann vielleicht noch", zischte Gutta und quetschte sich durch das enge Kellerfenster. Kai folgte ihr stumm.

„Was für ein riesiger Keller“, flüsterte er und schaute sich in dem dunklen Raum um. Zu seiner Überraschung sah er all die Dinge um sich herum, aber nicht in Schwarz-Weiß, sondern in Farbe. Der Stuhl links in der Ecke war grün angestrichen, das konnte er genau erkennen! Und der zusammengerollte Teppich daneben war nicht grau, sondern hatte die verschiedensten Rottöne. „Wahnsinn!“, flüsterte er fasziniert. Alle Farben um ihn herum leuchteten wie im Tageslicht. Eben noch, in der Dunkelheit draußen vor dem Kellerfenster, war es nicht so gewesen. Und nun … Er stockte. Plötzlich wusste er, was das bedeutete: Er war wieder ein bisschen mehr Vampir geworden.

„Komm!“, sagte Gutta. Ihre Stimme schreckte ihn aus seinen düsteren Gedanken auf. Sie nahm seine Hand und zog ihn durch eine Tür in einen schwach beleuchteten Gang. „Jetzt ganz leise“, hauchte sie. Auf Zehenspitzen huschten sie den Gang entlang, von dem scheinbar endlos viele Türen abgingen.

„Teufel auch, ist das Kellergewölbe groß!“, sagte Gutta.

„Ja, es scheint größer zu sein als das ganze Haus“, antwortete Kai. „Schau dir die vielen Türen an! Wir müssen alle Räume nach deinem Opa absuchen.“ Er schaute den Gang herunter. So weit das Auge reichte – bis zu einer Stelle, wo der Gang einen Knick machte – reihte sich eine schwere, eisenbeschlagene Holztür an die andere. „Lass uns gleich hier anfangen."

„Hoffentlich kann deine Oma Wankelmann so lange ablenken", sagte Gutta und folgte Kai in den ersten Raum.

Es war dunkel und staubig, die Luft schwer und süß. Der ganze Raum war vollgestellt mit Eisenregalen, die bis zur Decke reichten. Auf den Ablagen standen Unmengen von Gläsern – große und kleine – sorgfältig aneinandergereiht.

„Sieht aus wie ein Lagerraum", sagte Gutta und nahm ein Glas in die Hand. „Was ist das?" Eine rötlich graue Masse schwappte in dem Glas hin und her.

„Sieht ziemlich eklig aus", sagte Kai und nahm das Glas in seine Hand. Dann entdeckte er das Etikett, das auf dem Glas klebte. Er schluckte. „Vampirherz" stand darauf. Gutta schien es nicht bemerkt zu haben und er stellte es schnell wieder ins Regal zurück.

„Schau mal." Gutta war einige Regale weitergegangen und hielt ein anderes Glas in den Händen. „Hier sind lauter Kugeln drin. Was ist das nur?"

Kai bekam ein ungutes Gefühl. „Keine Ahnung“, sagte er und nahm Gutta das Glas ab. Auch dieses Mal schien sie das Etikett nicht gesehen zu haben. „Vampiraugen mit Zinnglasur“ stand darauf. „Auf jeden Fall ist Opa Gismo nicht hier“, sagte er. „Lass uns einen anderen Raum durchsuchen.“ Er schob sie aus dem Zimmer und atmete erleichtert auf, als sie wieder im Gang standen und er die Tür leise hinter sich geschlossen hatte.

Er öffnete die gegenüberliegende Tür und sie betraten den nächsten Raum, der in schummeriges Rotlicht getaucht war. Auf dem Boden standen unzählige rechteckige Glasbehälter. Reihe um Reihe füllten sie den Raum und ließen nur so viel Platz, dass man gerade noch zwischen ihnen hindurchgehen konnte.

„Wieder ein Lagerraum?“ Gutta blickte über das Meer von Glasbehältern.

„Sag mal, hörst du das auch?“, fragte sie schließlich nach einer Weile. Aber Kai antwortete ihr nicht.

„Dieses Rascheln und Knistern … das musst du doch auch hören!“ Sie blickte Kai fragend an. Der zeigte nur stumm auf einen der Behälter.

„D… Dort!“, stammelte er.

Gutta schaute zu dem Glaskasten und hob eine Augenbraue.

„Oh!“

In dem Glaskasten vor ihnen bewegte sich etwas. Auch in dem nächsten und übernächsten Behälter raschelte es. Überall, in jedem der Glaskästen, waren dunkle Schatten zu erahnen, die hin und her krabbelten. Kai beugte sich zu einem Kasten hinunter und erstarrte. In den Glasbehältern waren Spinnen. Hunderte, Tausende riesiger Spinnen! Sie kletterten übereinander, verhakten ihre haarigen Beine und versuchten, aus den Behältern herauszukommen. Aber sie rutschten immer wieder auf den Boden ihrer Gefängnisse zurück.

Aus dem Glaskasten vor ihnen versuchte gerade eine besonders fette Spinne zu entfliehen. Ihre dicken, behaarten Beine klammerten sich an den Rand des Behälters, um nicht an den glatten Glaswänden abzurutschen. Schließlich hatte sie es geschafft. Mit einem dumpfen *Plumps* klatschte sie auf dem Boden auf und krabbelte davon.

„Faszinierend!“ Gutta blickte der Spinne nach, die sich durch eine Spalte unter der Tür hindurchquetschte und in den Gang huschte.

„So?“ Kai lief ein Schauder über den Rücken. „Kann mir Schöneres vorstellen. Ich würde nur gerne wissen, was Wankelmann mit all diesen Spinnen anfangen will.“

„Was fragst du mich?“ Gutta beugte sich zu dem Glasbehälter hinunter und half einer weiteren Spinne über den Glasrand. Behände wuselte sie davon.

Kai fröstelte und es juckte ihn überall.

„Ich muss hier raus“, sagte er und ging zur Tür. „Kommst du? Hier ist dein Opa auch nicht.“ Sie verließen den Raum. Eine Spinne nutzte die Gunst der Stunde und krabbelte hinter ihnen her. Kai hatte immer noch das Gefühl, dass auf seinem Rücken einige dieser widerlichen Krabbeltiere saßen. Er versicherte sich mit einem Blick in einen Spiegel, der im Gang hing, dass sich wirklich keine Spinne auf seinem Rücken befand. Nach einigen Schritten standen sie vor der nächsten Tür. Sie war besonders groß und hatte einen riesigen Griff. Vorsichtig betraten sie den Raum. Kai verschlug es buchstäblich den Atem. Ein modriger Geruch schlug ihnen entgegen.

„Hier sollte mal gelüftet werden“, stöhnte er.

„Findest du?“ Gutta schlenderte zu einer Pflanze, deren Blätter wie ein Schleier von der Decke herabhingen, und hielt ihre Handgelenke darunter. Auf ihre Haut fielen einige Wassertropfen, die sie genüsslich verrieb. „Mmmh, ein wahrlich vorzügliches Parfüm!“, schwärmte sie.

Sie liefen durch einen gemauerten Rundbogen und betraten einen ovalen Raum. An den rauen Steinquadern der Wände tropfte Wasser hinab und spendete Feuchtigkeit für die unzähligen Farne und Moosteppiche, die aus den Mauerritzen wuchsen. Dazwischen standen in regelmäßigen Abständen große Säulen. Der Raum war so hoch, dass das Licht der Fackeln, die an den Wänden hingen, das Deckengewölbe nicht erreichte. Kai und Gutta liefen bis in die Mitte des Raumes und blieben dort stehen.

„Hättest du so etwas unter diesem kleinen Haus vermutet?“, fragte Kai. Vor Staunen blieb ihm der Mund offen. Gutta stand still neben ihm und schüttelte den Kopf. Plötzlich hielt sie inne.

„Hast du das gesehen?“, hauchte sie.

„W… Was?“

„Hier ist irgendjemand oder irgendetwas.“

Kai ließ seinen Blick durch den Raum wandern.

„Ich sehe nichts.“

„Aber da ist etwas. Es hat sich bewegt.“

Gutta riss eine Fackel aus einer Halterung an der Wand.

„Komm.“ Sie schlich in einen Bereich des Raumes, der völlig im Dunkeln lag. Kai folgte ihr vorsichtig. Sie kamen an eine Stelle, an der eine Vertiefung in den Stein geschlagen worden war. Plötzlich fiel das Licht der Fackel auf ein menschliches Skelett. Die knochigen Hände waren in Ketten gelegt und hingen von der Wand.

„'n Abend!“ Die Worte hallten laut durch das Gewölbe.

Kai fuhr zusammen. „Aaargh!“, schrie er. Das Echo seiner Stimme gellte ihm in den Ohren.

„Entschuldigen Sie bitte, aber das ist nicht das, was ich als Erstes zu hören gehofft hatte, nach all den Zeiten der Einsamkeit“, brummelte das Skelett. Seine Stimme war nun zu einem leisen Röcheln geworden. „Es hätte ein wenig mehr … ähm … Bedauern und Mitgefühl in Ihren Worten liegen können, junger Herr.“

Kai packte Gutta fest am Arm. „E… Es spricht!“

„Was denn sonst? Gebärdensprache dürfte mir schwerfallen …" Das Skelett rasselte mit seinen angeketteten Armen. „Darf ich fragen, was Sie hier machen? Normalerweise kommt niemand in diesen Raum, außer, sie bringen Neue hierher." Der Unterkiefer des Skeletts wackelte und sprang schließlich bei den letzten Worten aus seinem linken Gelenk. „Oh … Entfuldigung … Moment!"

Es ließ seinen Kopf auf den dürren Brustkorb fallen und mit einem leisen *Klick* sprang der Unterkiefer zurück ins Gelenk.

„Das passiert mir manchmal, wenn ich aufgeregt bin." Das Skelett drehte peinlich berührt den Kopf zur Seite.

Staunend standen Kai und Gutta vor dem Knochenmann.

„Nun, äh … wir suchen jemanden", sagte Gutta schließlich.

„Und wen, wenn ich fragen darf?"

„Meinen Großvater."

„Ihren Großvater? Soso …" Das Skelett musterte Gutta scharf. „Sie sind Vampirin, nicht wahr?"

Gutta nickte.

„Und der hier", es zeigte auf Kai, „ist wohl gerade dabei, einer zu werden, wie?"

Kai schwieg.

„Nun, da muss ich Sie leider enttäuschen." Das Skelett überkreuzte seine Beine und blickte auf seine Hände. „Einen Vampir haben wir hier nicht neu hereinbekommen. Wir haben hier überhaupt keinen Vampir. Noch nie gehabt. Nein. Wenn Ihr Großvater ein Elf wäre, tja, dann könnte ich Ihnen weiterhelfen. Der hängt einen Raum weiter an der Wand. Einen Werwolf haben wir auch, der steht nebenan in seinem silbernen Käfig. Aber einen Vampir … nein. Den gibt's hier nicht."

„Sind Sie sicher? Wankelmann hat ihn erst neulich aus seiner Burg entführt …"

„Natürlich hat er ihn entführt, junges Vampirfräulein", unterbrach sie das Skelett. „Das macht er doch immer so. Mich hat er seinerzeit aus meiner Seeräuberhöhle entführt. Ich versichere Ihnen: In diesem Verlies gibt es keinen Vampir. Sie können sich jedoch gern einmal umschauen." Er deutete mit seiner Knochenhand auf den Durchgang zum nächsten Raum. „Aber ich sage Ihnen, normalerweise bin ich sehr gut unterrichtet, wer hier ein- und ausgeht. In der Regel geht man hier sowieso nur ein – herausgekommen ist nämlich noch niemand. Zumindest nicht lebend." Das Skelett lachte röchelnd.

„Danke für die Auskünfte. Dann sehen wir uns

hier mal um." Gutta zog Kai durch den Rundbogen, der zum nächsten Raum führte.

„Ein komischer Kauz, was?", flüsterte sie. Doch noch bevor Kai antworten konnte, hallte ein heiseres „Das habe ich gehört!" durch das Gewölbe.

„Sag mal, hat das Skelett wirklich von Werwölfen und Elfen gesprochen?", fragte Kai, nachdem sie einige Schritte gegangen waren.

„Du kennst sie nur aus Märchen und Horrorgeschichten, was?" Gutta grinste. „Aber es gibt sie wirklich. Mein Onkel zum Beispiel war ein Werwolf. Siehst du, so sieht ein echter Werwolf aus ..." Sie hatten inzwischen die Mitte des Raumes erreicht. Unter der großen Kuppeldecke stand ein silberner Käfig, auf den Gutta mit einer ausholenden Handbewegung zeigte. In dem Käfig lag ... ein Haufen weißer Knochen.

„Ah ... ja!"

Als Gutta Kais verdutzten Gesichtsausdruck bemerkte, schaute sie ebenfalls in den Käfig.

„Oh!"

Sie blickten zur Wand, wo sie den Elf vermuteten. Dort hing an kleinen Eisenringen, die aus dem Stein ragten, sein Skelett. Kai musterte den länglichen Kopf und den winzigen Brustkorb.

„Die Armen!" Gutta schüttelte den Kopf.

„Was ist dieser Rufus Wankelmann nur für ein Mensch?“, fragte Kai.

Sie verließen den Raum und standen kurz darauf wieder vor dem Skelett.

„Und?“, fragte es.

Gutta schüttelte den Kopf.

„Sehen Sie, ich habe Sie nicht belogen. Aber sagen Sie, wie geht es den beiden da drinnen eigentlich? Seit geraumer Zeit ist es so ruhig. Sonst haben sie öfter lauthals philosophische Fragen erörtert.“

„Die sehen jetzt ungefähr so aus wie du“, sagte Kai.

„Da kann man zumindest im Falle des Werwolfes nur von einer Verbesserung sprechen.“ Das Skelett lachte lauthals.

„Tun sie dir denn gar nicht leid?“, fragte Kai.

„Hören Sie, Herr Neu-Vampir“, diese Worte betonte es besonders stark, „früher oder später sieht hier jeder so aus. Glauben Sie mir, das ist völlig normal. Wankelmann braucht frische Knochen für seine Forschungen. Deshalb konnte er auch mit mir nichts anfangen, ich laufe schon zu lange so herum.“ Es kicherte. „Aber das hat er zu spät gemerkt. Also hänge ich hier eben so rum, bis ihm einfällt, wie er mich verwenden kann.“ Es kicherte abermals. Dabei sprang sein Unterkiefer wieder aus dem Gelenk.

„Upf! Entfuldigung.“ Und noch einmal ließ es seinen Kopf auf den Brustkorb fallen. Mit einem leisen *Klick* schnappte der Unterkiefer wieder ein.

„Hach, manchmal ist das aber auch zu lästig, wirklich …“ Es bewegte seinen Kiefer hin und her, um zu prüfen, ob er auch festsaß.

„Wie lange bist du schon hier?“, fragte Gutta.

„Sehen Sie diese Striche im Stein dort, neben meiner rechten Hand?“ Das Skelett tippte mit dem Zeigefinger auf einen Mauerstein.

„Ja.“

„Jeder dieser Striche steht für ein Jahr. Irgendwann reichte der Stein nicht mehr aus. Da habe ich aufgehört zu zählen.“

„Das ist ja furchtbar. Können wir dir nicht irgendwie helfen?“ Kai ging zur Wand und untersuchte die Eisenringe, an denen der Knochenmann hing.

„Das können Sie sich sparen, junger Herr. An diesen Ringen haben schon ganz andere gehangen und versucht sich zu befreien“, sagte das Skelett.

„Aber es muss doch eine Möglichkeit geben, dich hier herauszubekommen“, grummelte Kai und zog an den Ringen, obwohl er natürlich genau wusste, dass er sie nicht aus dem Mauerwerk lösen konnte.

„Nun, die gäbe es tatsächlich“, sagte das Skelett.

„Wenn Sie bitte die Hände aus meinen Armknochen brechen möchten … Dann dürfte es gehen.“ Gutta zog überrascht die Augenbrauen hoch. „Ist das die … äh … richtige Methode?“

„Darüber machen Sie sich mal keine Gedanken. Ich habe mir schon ganz andere Körperteile abnehmen müssen. Ziehen Sie … Aber kräftig. Ja! Gut so …“ Gutta nahm die eine Hand des Skelettes, Kai die andere. Mit aller Kraft zogen sie an den Knochen, die knackten und stöhnten.

„Gut so … Weiter … Gleich ist es so weit …“ Der Knochenmann blickte zwischen Gutta und Kai hin und her. „Ich spüre, wie sie sich zu lösen beginnen …“ Und dann, mit einem lauten Krachen, brachen die Gelenke schließlich auseinander. Gutta und Kai fielen auf den Hintern – jeder mit einer Knochenhand in den Händen.

„Wunderbar! Ich danke Ihnen!“ Das Skelett tat schnell einen Schritt nach vorn und klatschte, indem es seine Armknochen aufeinanderschlug. „Welch herrliches Gefühl! Frei! Endlich frei!“ Es tanzte im Raum umher und sprang fröhlich von einem Bein auf das andere. „Ich danke Ihnen! Oh! Ich danke Ihnen sehr!“, rief es. „Ich bin frei! Endlich bin ich frei!“ Es ging zu Gutta und bat: „Bitte einmal aufstecken!“ Gutta schob die Knochenhand über den

Armstumpf und mit einem klackenden Geräusch war die Hand wieder dort, wo sie hingehörte. Das Gleiche machte Kai mit der anderen Hand.

„Sitzt, passt, wackelt und hat Luft", sagte der Knochenmann und schlenkerte mit seinen Armen, um zu prüfen, ob seine Hände auch ordentlich in den Gelenken verankert waren.

Klick! Klack! Klick!

Es ging die einzelnen Finger durch.

„Funktioniert einwandfrei. Herrlich!"

„Dann sollten wir jetzt aber schleunigst von hier verschwinden", schlug Kai vor. „Wir müssen Opa Gismo finden." Er dachte an seine Oma und hoffte, dass sie Wankelmann immer noch ablenken konnte.

Sie gingen zurück zur Tür und schlüpften in den Gang hinaus.

„Wenn Ihr Großvater ein Neuzugang ist, dann sollten wir es vielleicht mal dort drüben probieren", flüsterte das Skelett. „Ich habe gehört, dass es dort eine Sammelstelle für Frischware geben soll." Es deutete an das Ende des Korridors. „Kommen Sie, ich zeige es Ihnen."

Sie schlichen den Gang entlang. Während Kai und Gutta leise einen Fuß vor den anderen setzten, klapperte das Skelett bei jedem Schritt laut mit seinen Knochen.

Klick! Klack! Klick! Klack!

„Pst! Kannst du nicht etwas leiser laufen?“, zischte Gutta.

„Entschuldigen Sie bitte, junges Vampirfräulein, aber dies ist schon mein geschmeidigster Gang“, fauchte das Skelett zurück. Es blieb beleidigt stehen und verschränkte die Arme. „Versuchen Sie doch mal, so viele Knochen unter einen Hut zu bringen.“

„Jaja, schon gut.“ Gutta hob entschuldigend die Hand. Sie wollte den Knochenmann auf keinen Fall verärgern, schließlich schien er sich in diesem Kellergewölbe auszukennen und konnte bei der Suche nach Opa Gismo eine große Hilfe sein.

„Kommt mal her!“ Kai winkte Gutta und das Skelett um eine Ecke. Vor ihnen lag ein weiterer Korridor mit vielen, vielen Türen.

„Welcher von diesen Räumen ist es denn?“ Kai blickte das Skelett fragend an. Es hob seine Hand und kratzte sich mit dem dürren Zeigefingerknochen am Schädel.

„Hm“, überlegte es, machte einige klappernde Schritte vorwärts und betrachtete die Türen auf beiden Seiten des Ganges. Schließlich blieb es vor einer grünen Holztür stehen.

„Hier, dieser Raum ist es“, flüsterte der Knochenmann heiser. „Es heißt, alle Frischware verschwindet hinter der grünen Tür. Das müsste sie sein." Er ging einen Schritt zurück und ließ Kai die Tür öffnen, der auch sogleich in den Raum hineinschlüpfte. Gutta folgte ihm. Nur das Skelett blieb regungslos im Korridor stehen.

„Was ist? Komm schon!", flüsterte Gutta und winkte dem Skelett.

Doch es blieb wie angewurzelt stehen und verschränkte die Arme.

„Ist was?" Kai war schon einige Schritte in den Raum gelaufen und kam nun zur Tür zurück. „Ist es doch nicht der richtige Raum?", fragte er. „Er ist riesengroß. Hier sind überall Gänge und Türen, die irgendwohin führen. Wahnsinn, echt!" Das Skelett schüttelte den Kopf.

„Ihr törichten Vampire", rief es. „Ihr törichten, kleinen Blutsauger." Es begann lauthals zu lachen.

„Leise! Um alles in der Welt, sei doch still!", fauchte Kai. „Wenn dich jemand hört!"

Aber das Skelett lachte noch lauter. Sein dröhnendes Lachen hallte durch das ganze Kellergewölbe.

„Bist du wahnsinnig?", rief Gutta.

Der Knochenmann schob seinen Schädel ganz nah an sie heran.

„Nein", grollte er. „Aber ihr seid gleich tot!" Und dann brüllte er los: „Vampire! Vampire im Keller!“ Seine Stimme überschlug sich dabei. „Schnell, Thomas, hierher! Vampire im Keller! Vampiiire!“ Er fuchtelte wild mit seinen Knochenarmen in der Luft herum und schrie, so laut er konnte.

Und dann, plötzlich, vernahmen sie eilige Schritte im Korridor. Ein Schatten fiel auf den Steinboden und im nächsten Augenblick kam eine riesenhafte Gestalt um die Ecke und baute sich vor ihnen im Gang auf.

„Wo sind sie?“, schnaufte die Gestalt. Sie stand nun im Lichtkegel einer Lampe und Kai und Gutta sahen einen stämmigen Mann. Er war so groß, dass sein braunes Haar fast die Decke streifte. Aus seinem groben Gesicht schauten zwei dunkle Augen unter buschigen Brauen hervor und starrten bedrohlich zu ihnen hinunter.

„Na hier, Thomas!“, schrie das Skelett und zeigte mit seinem dünnen Finger auf Gutta und Kai. Mit der anderen Hand hielt es die Tür fest. „Halt sie auf!“ Thomas setzte seinen bulligen Körper wieder in Bewegung. Bei jedem Schritt schlurften seine großen Füße über den Boden.

„Wenn der uns in die Finger kriegt, sind wir geliefert“, flüsterte Gutta. Thomas war jetzt nur noch ein paar Meter von ihnen entfernt. Da machte Kai blitzschnell einen Schritt nach vorn und trat dem

Skelett, so fest er nur konnte, gegen den Brustkorb. Sofort ließ es die Tür los und taumelte zurück. Seine Knochen knackten und krachten und plötzlich hörten sie einen markerschütternden Schrei aus dem Flur.

„Thomas, hilf mir!", brüllte das Skelett, noch ehe es in tausend Stücke zersprang. Knochen flogen durch die Luft und der Schädel landete direkt vor Kais Füßen.

Thomas blieb vor Schreck wie angewurzelt stehen. Er hatte die Wirbelsäule des Knochenmannes aufgefangen und hielt sie nun in den Händen.

„Was habt ihr nur getan?", jammerte der Schädel auf dem Fußboden.

Gutta grinste breit. „Viel Spaß beim Zusammensetzen." Sie bückte sich, hob den Schädel auf und warf ihn Thomas zu. Wie erwartet, ließ er das Rückgrat fallen, um den Schädel aufzufangen. Es donnerte auf den Steinboden und zerbarst in die einzelnen Wirbel.

„Nein, du Dummkopf, bloß nicht das Rückgrat! Nicht das Rückgrat!" Der Schädel fluchte wild. „Es wird Ewigkeiten dauern, bis es wieder zusammengefügt ist!"

Thomas' Augen glühten vor Zorn. „Wenn ich euch erwische, mache ich Hackfleisch aus euch!"

„Nichts wie weg!“ Gutta knallte die Tür zu, ergriff Kais Hand und zog ihn durch den Raum. Hinter sich konnten sie den Knochenmann brüllen hören. „Los, du Nichtsnutz, lauf ihnen gefälligst hinterher. Sie dürfen auf keinen Fall entkommen. Ich setz mich schon selbst irgendwie zusammen.“ In Sekunden wurde die Tür eingetreten und Thomas stand im Türrahmen.

„Hier lang!“ Kai stürmte unter einem Torbogen hindurch in einen anderen Raum. Von diesem rannten sie in den nächsten. Sie rasten von Zimmer zu Zimmer. Die ganze Zeit hörten sie hinter sich Thomas' Keuchen und seine schlurfenden Schritte.

„Ihr habt keine Chance!“ brüllte er durch das Kellergewölbe. „Euch mach ich fertig!“ Dazwischen schrie das Skelett: „Ich bin gleich so weit, dann helfe ich dir!“ Und das Klacken verriet Gutta und Kai, dass es eifrig dabei war, sein Knochengerüst wieder zusammenzustecken. Irgendwo fiel krachend ein Regal zu Boden. Glas splitterte.

„Mist!“, fluchte Thomas.

„Wohin jetzt?“ Gutta blieb stehen. Seltsamerweise waren sie wieder im Korridor und vor ihnen lagen zwei Gänge. „Rechts oder links?“, fragte sie keuchend.

„Keine Ahnung!“ Kai schnappte nach Luft. Die

Schritte ihres Verfolgers kamen immer näher. Und sie vernahmen außerdem ein anderes Geräusch ... *Klick! Klack!* Der Knochenmann! Er hatte sich offenbar wieder zusammengesetzt!

„Hier entlang!“ Kai lief nach links. Wieso er sich für diesen Gang entschied, wusste er nicht. Er wollte einfach nur weg. Laufen! Immer weiter laufen!

Gutta hechtete hinter ihm her.

„Ich glaube, ich habe sie hier drüben gehört!“, rief das Skelett und es klang, als wäre es ganz in ihrer Nähe. Gutta und Kai rasten um eine Ecke – und standen genau vor dem Knochenmann.

„Aha! Hab ich euch!“ Er baute sich vor ihnen auf. „Gang 27B, Thomas! 27, Behee!“ Er fuchtelte mit seinen Armen herum und seine Stimme überschlug sich vor Aufregung.

„Zurück, schnell!“ Kai und Gutta kehrten um und nahmen an der Abzweigung den rechten Gang.

Türen knallten. Holz splitterte. Irgendwo fiel etwas zu Boden. „Aua“, hörten sie Thomas rufen.

Das Skelett schimpfte. „Du Tölpel ... Lass das jetzt liegen, wir müssen weiter ... Nein, hier entlang.“

„Aus diesem Irrgarten finden wir nie wieder raus“, schnaufte Kai. Er war völlig außer Atem. Sie rannten um eine Ecke, blieben aber plötzlich wie erstarrt stehen. Vor ihnen bäumte sich etwas auf und zischte sie an. „Nicht bewegen!“, flüsterte Gutta. Eine große, dunkle Schlange schnitt ihnen den Weg ab. Ihre Zunge schnellte aus dem weit aufgerissenen Maul, sodass zwei spitze Giftzähne sichtbar wurden.

„Da!“ Thomas’ Stimme ließ sie herumfahren. Er und der Knochenmann waren direkt hinter ihnen.

„Was jetzt?“, fragte Kai.

Gutta antwortete nicht. Sie sprang auf die Schlange zu, packte sie, und Kai konnte sich gerade noch bücken, als Gutta das Reptil mit einem gezielten Wurf durch die Luft schleuderte. *Klatsch!*, landete die Schlange auf Thomas. Sofort schlängelte sich das Tier um seinen Hals.

„Hilfe, Hilfe!“, gurgelte Thomas und der Knochenmann versuchte ihn aus dem Würgegriff der Schlange zu befreien.

„Jetzt los!“ Gutta raste auf Thomas und das Skelett zu. Kai war ihr dicht auf den Fersen. Sie zwängten sich an den beiden vorbei und rannten den Korridor entlang. Es dauerte nicht lange und sie hörten wieder die Schritte ihrer Verfolger hinter sich.

„Dieser Teil des Kellers kommt mir bekannt vor“, schnaufte Gutta, nachdem sie eine Weile gerannt waren und um eine Ecke bogen. „Da vorne war der Spinnenraum, glaube ich.“ Tatsächlich stand eine der Türen weit auf. Glasscherben lagen auf dem Boden und einige Spinnen wuselten über den Gang.

„Dann müssen wir jetzt hier lang.“ Kai zeigte auf eine Tür. „Dort sind wir reingekommen.“ Sie huschten zu einer Tür und schlüpften in den Raum. „Ja“, sagte Kai. „Das ist der Raum mit dem Kellerfenster.“ Er stürzte sogleich auf das Fenster zu. Doch Gutta stockte.

„Was ist?“, fragte Kai.

„I… Ich kann nicht weiter“, hauchte Gutta.

„Wie meinst du das?“

„Ich sitze in der Falle. Siehst du das?“ Sie deutete auf das Fenster und verschiedene andere Stellen im Raum. „Knoblauch!“, flüsterte sie.

„Ich werde wahnsinnig“, sagte Kai.

„Und ich komme hier nicht mehr raus.“

Sie hörten Schritte im Korridor.

„Komm, versuchen wir's.“ Kai packte Gutta an der Hand und wollte sie zum Fenster ziehen.

„Es geht nicht“, sagte die Vampirin. „Ich komme nicht näher an das Fenster heran.“

„Dann warte. Ich nehme den Knoblauch ab.“ Kai ging zum Fenster. Er streckte seine Hand aus, um den Knoblauch zu entfernen, doch seine Finger zuckten zurück.

„Was …“ Sosehr er sich auch bemühte, er schaffte es nicht, den Knoblauch zu berühren. Es war, als ob eine unsichtbare Barriere zwischen ihm und dem Knoblauch lag, die er nicht überwinden konnte.

„I… Ich schaffe es nicht“, sagte er.

„Deine Verwandlung ist schon zu weit fortgeschritten.“ Guttas Stimme blieb ruhig. „Probier, ob du an dem Knoblauch vorbeikommst und aus dem Fenster klettern kannst.“

„Und dich hier allein lassen? Bist du verrückt?“

Die Schritte im Korridor kamen näher.

„Einer muss doch den anderen Bescheid sagen.“

„Nein, das mache ich nicht.“

In diesem Augenblick wurde die Tür aufgerissen.

„Hab ich euch!“ Thomas stand mit schadenfrohem Grinsen im Türrahmen. Der Knochenmann spähte an ihm vorbei.

„Schnapp sie dir!“, rief er.

„Lauf, Kai! Raus!“, schrie Gutta noch, dann sprang Thomas auf sie zu. Er hielt einen Holzpflock in der Hand.

„Keine Bewegung, junges Fräulein. Sonst ist’s aus!“, schrie er und presste den Pflock auf ihr Herz.

Kai überlegte nicht lange. Er raste zum Fenster,

breitete die Arme aus und erhob sich in die Luft. Mit größter Mühe schaffte er es, seinen Arm an dem Knoblauchgebinde vorbeizustrecken, um das Fenster zu öffnen. Er schaute noch einmal zurück und sah, wie Thomas ein Fläschchen zückte und Gutta etwas ins Gesicht sprühte. Langsam sank sie zu Boden. Dann flog er aus dem engen Kellerfenster in die Dunkelheit hinaus und verbarg sich hinter dem nächsten dichten Busch. Er versuchte wieder zu Atem zu kommen. Jetzt bloß keine Panik!, schoss es ihm durch den Kopf. Sein Herz raste. Er schaute in die Krone der alten Eiche. Dort saßen Gangolf und Gerrith, doch sie schauten nicht in seine Richtung. Wie war er froh darüber, sie im Geäst sitzen zu sehen! Er atmete noch einmal tief durch, dann richtete er sich auf und lief auf die Eiche zu. Am Fuße des Stammes legte er seinen Umhang ab und ging langsam auf Wankelmanns Haustür zu. Seine Knie zitterten immer noch, als er Sandra und seine Oma erblickte, die sich mit einem Mann unterhielten. Er trat zu seiner Großmutter.

„Oh, Kai … Da bist du ja.“ Sie zog fast unmerklich die Augenbrauen hoch. „Das ist mein Enkel, Rufus.“

Rufus Wankelmann stand in der Eingangstür und musterte Kai scharf. Er war ein hagerer, hochgewachsener Mann mit einem Gesicht, in das sich tiefe Falten eingegraben hatten. Die große Hakennase und die blasse Haut machten ihn nicht schöner.

„Soso: dein Enkel Kai. Wen ich heute alles kennenlernen darf! Erst das junge Fräulein Sandra hier und nun noch deinen Enkel. Guten Abend." Kai war überrascht von seiner tiefen Stimme. „Tauchst hier so plötzlich aus dem Nichts auf. Wo kommst du denn her?"

„I… Ich …" Doch weiter kam er nicht. Hinter Wankelmann tauchte aus der Dunkelheit des Hauses Thomas auf. Mit schlurfenden Schritten trat er hinter Wankelmann, und als er Kai erblickte, verzog er seinen Mund zu einem hämischen Grinsen.

„Äh, Herr …" Er tippte Wankelmann auf die Schulter.

„Nicht jetzt, Thomas", fauchte Wankelmann ihn an.

„Aber Herr, ich muss Euch etwas sagen. Es ist wichtig."

„Nicht jetzt, habe ich gesagt." Wankelmanns Stimme klang eiskalt.

Thomas verneigte sich. „Jawohl, Herr. Später, Herr. Ich habe verstanden." Demütig zog er sich zurück. Dabei ließ er Kai keine Sekunde aus den

Augen. Und selbst als Thomas wieder im Haus war, hatte Kai noch immer das Gefühl, als würde ihn jemand anstarren.

„Nun, es wird Zeit für uns, Rufus", sagte seine Großmutter. „Nett, dich mal wieder gesprochen zu haben."

„Jaja. Das finde ich auch", sagte Wankelmann leise und kniff die Augen zusammen. „Komm doch mal wieder vorbei."

„Gern." Frau Flammersfeld gab Kai einen sachten Stoß in die Seite. Er nickte Wankelmann zu.

„Auf Wiedersehen", sagte Sandra, dann gingen sie, ohne sich noch einmal umzudrehen, den Weg entlang, bis sie die Dunkelheit verschluckt hatte. Erst bei der alten Eiche machten sie halt.

DAS GEHEIME LABORATORIUM

„Beruhige dich, Gerrith. Uns wird schon etwas einfallen.“ Oma Flammersfeld lehnte am Stamm der Eiche und schaute mitleidig zu, wie Gerrith unruhig vor ihr auf und ab ging. Dabei murmelte er vor sich hin: „Meine arme Schwester! Wenn das unsere Eltern erfahren … Ich darf gar nicht daran denken.“

„Sei still“, raunzte Gangolf. „Sie werden es nicht erfahren, weil wir Gutta nämlich retten werden.“

„Ach ja? Und wie?“ Gerrith sah seinen Bruder besorgt an.

„Ihr könnt euch gar nicht vorstellen, wie viele Räume es in diesem Keller gibt. Den richtigen zu finden, wird ewig dauern.“ Kai warf sich seinen Umhang um und knöpfte den Kragen zu. Seine Stimme zitterte noch ein wenig. Als er den anderen von den Erlebnissen in Wankelmanns Kellerlabyrinth erzählte, durchlebte er in Gedanken alles noch einmal.

„Bestimmt ist jetzt jeder Raum mit Knoblauch vollgestopft“, sagte Sandra.

Gerrith blickte zu Boden und schüttelte den Kopf. „Unsere arme Schwester …“

In diesem Augenblick wurde eine Tür zugeschlagen. Das Geräusch kam von Wankelmanns Haus. Sie vernahmen Stimmen.

„Schließ gut ab, hörst du?“

„Jawohl, Herr. Gut abschließen … Ist schon geschehen, Herr.“

„Gut. Hast du auch alle Vorsichtsmaßnahmen getroffen?“

„Selbstverständlich, Herr.“

„Sehr schön. Ich habe nämlich keine Lust, nachher von einem Vampir in meinem Wohnzimmer überrascht zu werden.“ Ein heiseres Lachen folgte diesen Worten.

„Das Auto wird gleich vorgefahren, Herr“, sagte die andere Stimme, die Kai nur zu gut kannte. Thomas und Wankelmann gingen vom Haus zum Gartentor.

„Schnell, versteckt euch“, zischte Gangolf und huschte hinter den Stamm der Eiche. Sandra und die Oma verbargen sich hinter einem dichten Busch, während Kai und Gerrith die Arme ausbreiteten und auf einen dicken Ast der Eiche segelten.

Schon waren Wankelmann und Thomas am Gartentor angelangt. Über seiner Schulter trug Thomas einen zusammengerollten Teppich. An einem Ende hingen einige Haarsträhnen heraus. Gerrith schlug die Hand vor den Mund. Was dort aus dem Teppich herausragte, waren die Haare seiner Schwester. Sie hatten Gutta in den Teppich eingerollt!

Ein schwarzer Wagen fuhr vor das Haus und hielt vor Wankelmann und Thomas. Der Knochenmann stieg aus und überreichte Wankelmann einen Schlüssel.

„Bitte sehr", sagte das Skelett.

Wankelmann nickte und nahm ihn an sich. Während er in das Auto einstieg, ging Thomas um den Wagen herum und öffnete den Kofferraum. Mit einem lauten *Rums* warf er den Teppich hinein und knallte den Deckel des Kofferraums zu. Dann stieg er zu Wankelmann in den Wagen, der sich sofort in Bewegung setzte. Der Knochenmann winkte den beiden noch kurz nach, dann schlenderte er – *Klick! Klack! Klick! Klack!* – zurück zum Haus.

Gangolf schoss hinter dem Baumstamm hervor. „Los, hinterher!"

Sandra und Großmutter Flammersfeld verließen ihr Versteck im Gebüsch und Kai und Gerrith segelten aus der Baumkrone.

„Habt ihr gesehen, was sie mit Gutta gemacht haben? Wie fürchterlich …“ Gerrith seufzte tief.

„Reden können wir später.“ Gangolf stieß sich vom Boden ab. „Wir müssen das Auto verfolgen.“

„Das müsst ihr wohl allein machen“, sagte Kais Oma und zeigte auf sich und Sandra. „Wir haben keine Flugumhänge.“

„Nix da!“ Im Sturzflug raste Gangolf auf Sandra zu und packte sie unter den Armen.

Sandra schrie auf.

„Keine Angst“, sagte Gangolf.

Doch Sandra winkte ab. „Nein, nein … Kai, ich möchte mir dir fliegen!“

„Ach, du traust mir wohl nicht, was?“ Gangolf drehte sich beleidigt um und ging zu Kais Großmutter. „Wie sieht's aus? Haben Sie vielleicht auch Angst, sich von mir tragen zu lassen?“

Oma Flammersfeld grinste nur, kramte das Fläschchen Weihwasser aus der Tasche ihres Kleides und besprühte damit ihren Hals. Dann nickte sie. „Nur zu.“

„Pah!“ Gangolf schnaubte. Er flog hinter sie und fasste sie unter den Armen. „Menschen! Alles Weicheier!“, murmelte er, während er mit ihr in die Luft stieg.

„Geht's?“, fragte Kai, als er und Sandra vom Boden abhoben und zu den anderen flogen, die über dem Wipfel der Eiche auf sie warteten. Sandra nickte zaghaft. Doch Kai merkte, dass sie zitterte. „Hab keine Angst", sagte er und drückte sie ein wenig fester an sich.

„Mir kannst du vertrauen."

„Ich weiß", sagte seine Freundin.

„Dort, seht ihr?" Gangolf deutete auf zwei Lichtkegel, die sich durch die Dunkelheit fraßen. „Gleich haben wir sie." Er preschte voran, die anderen hatten Mühe, ihm zu folgen. Schließlich hatten sie Wankelmanns Wagen eingeholt und flogen direkt über ihm. Das Auto bog einige Male nach links, dann wieder nach rechts ab und folgte dem Feldweg, bis plötzlich etwas Großes aus dem Dunkel der Nacht auftauchte. Der Wagen steuerte direkt darauf zu. Kai konnte noch nicht genau erkennen, was dort war. Ein Haus vielleicht? Aber es hatte eine seltsame Form. Dann streifte das Scheinwerferlicht das Gebäude. Es war nicht einfach nur ein Haus. Es war eine alte Windmühle.

„Sieh an, die Walpurgismühle!"

„Du kennst die Mühle?" Kai blickte überrascht zu seiner Großmutter hinüber.

„Natürlich. Als wir an der Universität waren, hat Professor Mittertag hier seinen Unterricht in

Vampirkunde abgehalten." Ihre Stimme bekam einen verträumten Unterton.

Das Auto stoppte. Wankelmann und Thomas stiegen aus, und während Wankelmann das große Holztor der Mühle aufschloss, ging Thomas um den Wagen herum und öffnete den Kofferraum. Er hob den Teppich heraus und warf ihn auf den staubigen Boden. Der Teppich entrollte sich, Gutta kullerte heraus und blieb schließlich einige Meter von Thomas entfernt mit dem Gesicht im Staub liegen.

„Los, aufstehen!", befahl Thomas barsch. „Und zwar etwas plötzlich."

Gutta setzte sich langsam auf. Sie strich sich mit der Hand über die Stirn, als ob sie Kopfschmerzen hätte.

„Geht das nicht schneller?" Thomas ging zu ihr, packte sie unter den Armen und stellte sie unsanft auf die Beine. Sie schwankte etwas.

„Mein Gott, was macht ihr denn da so lange?" Wankelmann streckte den Kopf aus der Tür und seine Stimme klang sehr ungeduldig. „Komm jetzt und sperr sie neben den anderen in den Käfig."

„Sehr wohl, Herr", antwortete Thomas und gab Gutta einen Stoß, sodass sie vorwärtsstolperte. „Du hast es gehört. Lauf!"

„Nicht so zaghaft, sonst dauert das ja noch

Jahre!“, brüllte Wankelmann. „Sie ist doch nur ein Vampir, vergiss das nicht.“

Bei diesen Worten ballte Gangolf die Hände zu Fäusten. Am liebsten hätte er sich auf Wankelmann gestürzt und ihn für diesen Satz ordentlich verprügelt oder, besser noch, gebissen …

„Ruhig Blut! Lass mich jetzt bloß nicht fallen!“, flüsterte Kais Oma und tätschelte Gangolfs Arm.

Wankelmann, Thomas und Gutta verschwanden in der Mühle und die schwere Tür fiel krachend ins Schloss. Da hatte Sandra eine Idee. „Seht mal“, sagte sie und zeigte auf den Dachfirst.

Licht schimmerte aus dem Dach der Mühle. Sie flogen hin und landeten leise auf dem Dach. Vor ihnen klaffte ein Loch, gerade so groß, dass sich ein Kind hindurchzwängen könnte. Sie legten sich bäuchlings um das Loch herum und spähten vorsichtig in den Innenraum. Überall lagen Strohballen auf dem Boden. Von der Decke baumelte eine Glühbirne an einem Kabel, die schwaches Licht spendete. Auch an den Wänden befanden sich einige Lampen und erhellten die achteckige Mühle notdürftig. Nicht weit von der Eingangstür entfernt, entdeckten sie Gutta in einem silbernen Käfig, der über und über
mit Knoblauch behangen war.

Daneben lag ein alter Mann auf einem Tisch. Er

hatte schneeweißes Haar und trug ein kleines Ziegenbärtchen.

„Opa Gismo!“, hauchte Gerrith. Der alte Mann lag auf dem Rücken wie auf einer Streckbank, Arme und Beine waren mit Seilen an den Tisch gefesselt.

„Mein armes Kind ... Hörst du mich?“ Opa Gismo drehte den Kopf und schaute zu seiner Enkelin im Käfig. Seine Stimme klang sanft.

Gutta kniete sich auf den Boden des Käfigs. „M... Mir ist so schwindelig.“

„Das kommt vom Knoblauch“, sagte Opa Gismo. „Ach, die beiden haben ja auch völlig übertrieben. So viel Knoblauch wie an diesem Käfig braucht doch kein Mensch, um einen Vampir in Schach zu halten.“

„Halt die Klappe, Gismo!“ Schwere Stiefel schlurften über den staubigen Mühlenboden und ein paar Strohhalme wirbelten durch die Luft. Wankelmann trat in die Mitte des Raumes. Er stellte sich vor den Käfig und strich mit der Hand über die Knoblauchknollen. „Glaub mir, kleines Vampirfräulein“, säuselte er und grinste Gutta dabei hämisch an, „du bist ein Geschenk des Himmels.“ Dann winkte er Thomas herbei. „Komm, wir holen die fehlenden Sachen. Es bleibt uns nicht mehr viel Zeit.“

„Bin schon da, Herr“, entgegnete Thomas und

zusammen verließen sie die Mühle. Mit einem *Rums* wurde die schwere Tür zugeschlagen. Kurz darauf fuhr Wankelmanns Wagen davon.

„Sie sind weg", flüsterte die Oma.

„Na, dann nichts wie rein." Gangolf richtete sich auf und zog Gerrith an dessen Umhang hoch. „Komm …"

„Könnte ich nicht hier als Wache …"

„Nein, du kommst mit, Angsthase."

Sandra schmunzelte. Sie nahm das Weihwasserfläschchen aus ihrer Hosentasche und besprühte sich damit. „Du könntest mich hinuntertragen", sagte sie, während sie die Flasche wieder wegsteckte und einladend die Arme ausbreitete.

„Ach, sieh einer an", raunzte Gangolf, packte Kais Großmutter und stieß sich beleidigt vom Mühlendach ab.

„Warte …" Gerrith fasste Sandra vorsichtig unter den Achseln und schwebte zu seinem Bruder.

Kai blieb allein auf dem Dach zurück. „Gut, offensichtlich schiebe ich diesmal Wache", sagte er leise zu sich selbst und rief den anderen noch „Viel Glück!" zu. Er beobachtete, wie sie vor dem Mühlentor landeten und sich am Schloss zu schaffen machten. Nach einigen Sekunden hörte er ein Knarren, und als er durch das Loch in den Innenraum blickte, sah er seine Großmutter. Nur Sekunden später waren auch Gangolf, Gerrith und Sandra in der Mühle.

Opa Gismo blickte verdutzt auf. „W… Wer sind denn … Gangolf! Gerrith! Meine Jungs! Welch angenehme Überraschung!“ Ein breites Grinsen huschte über sein Gesicht. „Oh, und wen habt ihr denn da mitgebracht?“ Er sog die Luft ein und blickte zu Oma Flammersfeld. „Eine … Menschenfrau!“ Sofort weiteten sich seine Augen und er lächelte blutrünstig. „Dass ihr daran gedacht habt, ihr Lieben. Ich habe seit Nächten nichts mehr getrunken. Mir hängt der Magen schon in den Kniekehlen.“ Und als sein Blick auf Sandra fiel, säuselte er: „Und an ein Appetithäppchen habt ihr auch gedacht, wie rührend!“ Und er fuhr sich mit der Zunge über die Lippen.

Gerrith errötete. „Opa, wir …“

„An Ihrer Stelle wäre ich ein wenig vorsichtig“, flötete Kais Großmutter und schwenkte ein Taschenmesser in der Hand. Es war rabenschwarz und auf beiden Seiten war ein blutrotes Vampirgebiss eingraviert. „Sonst müsste ich Sie leider angebunden auf ihrem Tisch liegen lassen.“ Sie schaute Opa Gismo an. Als sich ihre Blicke trafen, umspielten feine Lachfältchen Gismos Augen. Seine Gesichtszüge entspannten sich plötzlich und er lächelte sie freundlich an. „Eine unerschrockene Menschenfrau im besten Alter hilft, mich zu erretten. Wirklich eine bizarre Situation für einen Vampir." Da musste Frau Flammersfeld auch grinsen.

„Äh ... mich rettet sie aber auch, oder?", fragte Gutta aus dem Käfig.

„Aber natürlich, mein Kind. Wie könnten wir dich vergessen. Wenn ich Sie also bitten dürfte, meine Enkelin vielleicht zuerst ..." Opa Gismo deutete mit einer Kopfbewegung zu Gutta.

„Frauen zuerst, selbstverständlich." Oma Flammersfeld nahm das Taschenmesser und begann, daran herumzupulen. Schließlich murmelte sie leise „Ah, ja!" und sie hatte gefunden, wonach sie gesucht hatte: einen kleinen, dünnen Schraubenzieher, den sie nun mit einiger Mühe aufklappte. Opa Gismo sah ihr dabei interessiert zu.

„Ich staune", sagte er, „Sie besitzen da ein Taschenmesser, wie es sonst nur Vampire haben."

„Leider nicht das neueste Modell. Ich erinnere mich auch nicht mehr, woher ich es habe. Aber es ist immer noch gut in Schuss und sehr scharf", antwortete sie, während sie sich mit dem Schraubenzieher am Schloss von Guttas Käfig zu schaffen machte.

Oben auf dem Dach hörte Kai noch, wie Opa Gismo sagte: „Ach, machen Sie sich nichts daraus. Die Neueren sind auch nicht besser“, als er plötzlich aufschreckte. Irgendetwas hatte sich bewegt, das hatte er aus dem Augenwinkel gesehen. Unten, auf dem Feldweg. Er richtete sich auf und schaute sich um. Blitzschnell hatten sich seine Augen an die Dunkelheit gewöhnt. Die grünen Blätter des Baumes vor der Mühle tänzelten im Wind, er konnte ihr Rascheln deutlich hören. Am Stamm huschte ein Tier empor und verschwand im Dickicht der Blätter. Kai wandte seinen Blick vom Baum ab und schaute auf den Feldweg. Nichts. Nur die Spuren von Wankelmanns Auto. Dann ein Geräusch. Ein Knirschen wie von Schuhsohlen im Sand. Er kniff die Augen zusammen. Irgendjemand war dort unten, dessen war er sich ganz sicher. Er starrte weiter auf den Feldweg. Und dann sah er sie. Keine fünf Meter von der Mühle entfernt liefen zwei Gestalten den Weg entlang. Wankelmann und Thomas! Kai schluckte. Wie konnte das sein? Waren sie eben nicht in Wankelmanns Auto weggefahren? Er überlegte kurz. Wankelmann musste seinen Wagen in der Nähe versteckt haben. Das aber würde er nur tun, wenn … Kai gefror das Blut in den Adern … wenn er Verdacht geschöpft hätte! Kai unterdrückte einen Schrei. Es lief ihm eiskalt den Rücken herunter. Er musste die anderen warnen! Kai sah zu Wankelmann und Thomas hinüber und konnte jetzt erkennen, was Wankelmann in den Händen hielt: ein Gewehr! Dann hörte er leise Stimmen und er beugte sich vor, als ob er sie dadurch besser hören konnte. Und tatsächlich.

„Hast du den Knoblauchnebel?"

„Natürlich, Herr."

„Gut. Ich habe das Druckgewehr mit dem Weihwasser, den Dolch", hier fasste Wankelmann an die eine Seite seines Hosengürtels, „und die Axt", wobei er die andere Seite abtastete.

Thomas kicherte heiser.

„Wenn ich ‚jetzt' sage, stürmen wir rein!"

Thomas nickte. „Verstanden, Herr."

Kais Herz raste. Schnell schaute er wieder in die Mühle hinunter. Seine Oma hatte bereits eines der Schlösser an Guttas Käfig geöffnet und schraubte nun an dem anderen herum.

Das schaffen die nie, dachte er. Kai steckte seinen Kopf durch die Öffnung und zischte: „Achtung da unten! Beeilt euch, Wankelmann und Thomas stehen vor der Tür!"

„Ach du meine Güte!" Kais Großmutter blickte erschrocken zu ihrem Enkel.

Opa Gismo zuckte zusammen. „Huch, da oben ist ja noch jemand …“

„Jetzt!“

Rums! Das Schloss ächzte und das Tor flog auf.

„Haben wir euch!“ Thomas stürzte in die Mühle und versprühte sofort Knoblauchnebel gegen die Vampire. Diesmal zückte er jedoch kein Fläschchen, sondern auf seinem Rücken befand sich ein großer Behälter, von dem aus ein Schlauch zu einem Zerstäuber führte. „Das reicht für euch alle, also keine falsche Bewegung!“ Er fuchtelte hektisch mit der Sprühdüse herum.

„Aber Thomas, nicht so unhöflich!“ Wankelmanns Stimme dröhnte durch den Raum und seine hagere Gestalt schob sich langsam durch den Türrahmen. „Wir wollen unsere Gäste doch nicht erschrecken.“ Ohne den Blick von den Vampiren zu wenden, gab er dem Tor einen Tritt, sodass es ins Schloss fiel.

Wankelmann grinste. „Was ist heute für ein Glückstag“, säuselte er, das Weihwassergewehr fest auf die Vampire gerichtet. „Ich hatte mit nur einem Vampir gerechnet. Dann kam der zweite. Nun sind es bereits vier!“ Er lachte. „Sag, Elisabet, hast du vielleicht irgendwo noch einen versteckt?“ Er machte einige Schritte auf sie zu und stand nun direkt unter dem Loch im Dach. Kai war wie erstarrt vor Schreck. „Ach, großartig. Vier Vampire! Thomas, ist das nicht wunderbar?“

Thomas nickte heftig mit dem Kopf.

„Ich habe wirklich allen Grund, dir zu danken, Elisabet. Ich wusste gar nicht, dass du so viele von denen da kennst.“ Er machte eine abfällige Handbewegung in Richtung der Vampire. „Meine Quelle versprach mir einen, du hast mir gleich vier gegeben. Vier!“ Er lachte abermals.

„Welche Quelle?“, wollte Kais Oma wissen.

Plötzlich hörte Wankelmann schlagartig auf zu lachen. Er schwieg eine Weile, dann sagte er langsam, als sei er mit seinen Gedanken weit, weit entfernt: „Oh ja, eine sehr, sehr gute Quelle.“ Er verstummte wieder. Dann ging ein Ruck durch seinen Körper.

„Deine Freunde hier“, er zeigte mit dem Weihwassergewehr auf die Vampire, „deine Freunde wissen genau, wen ich meine.“ Er ging zu Gerrith und grinste böse. Dann sagte er so laut, dass es alle hören konnten: „WW!“

Gerrith zuckte fragend mit den Achseln. Er konnte sich beim besten Willen nicht vorstellen, was Wankelmann meinte.

„Sollen uns zwei kleine Buchstaben vielleicht beeindrucken?“, fragte Gangolf und lachte verächtlich.

„Oh, da bin ich mir sicher.“ Wankelmann drehte sich zu den anderen um, ging zu Sandra und flüsterte ihr ins Ohr: „Mal sehen, was passiert, wenn ich den Namen ausspreche, der sich hinter diesen Buchstaben verbirgt. Das möchtest du doch bestimmt auch wissen, junges Fräulein, oder?“ Sie wich einen Schritt zurück.

Wie in Zeitlupe setzte Wankelmann einen Fuß vor den anderen und ging in die Mitte des Raumes. Dort blieb er stehen, breitete die Arme aus und rief: „Wieland von Wünschelsgrund!“

Die Vampire erstarrten. Gerrith wurde noch blasser als gewöhnlich. Er hielt sich die Hand vor den Mund und taumelte rückwärts, ohne Wankelmann aus den Augen zu lassen. Als er die Wand berührte, presste er seinen Körper gegen sie, als wollte er in ihr verschwinden.

„Was hast du da gerade gesagt?“ Gangolf schaute zu seiner Schwester, die ungläubig den Kopf schüttelte.

„Den kann er nicht gemeint haben“, sagte Opa Gismo leise. „Unmöglich.“ Er verzog sein Gesicht.

„Oh doch, den hat er gemeint.“ Wankelmann trat mit einem grässlichen Lächeln zu Gismo an den

Tisch. „Genau den hat er gemeint." Er schnellte herum und rief Sandra zu: „Herrlich, nicht wahr, junges Fräulein? Was für eine Reaktion die Erwähnung eines Namens hervorrufen kann?"

„Du kennst den Vampirjäger?", fragte Kais Oma erstaunt.

„Kennen Sie ihn etwa auch?" Opa Gismos Stimme zitterte.

Frau Flammersfeld winkte ab. „Nicht wirklich. Ich habe von ihm gehört. Hätte nicht gedacht, dass man überhaupt an ihn herankommt."

„Ich habe es jedenfalls geschafft", sagte Wankelmann mit einem triumphierenden Grinsen. „Du musst nur wissen, wo du nach ihm suchen musst, Elisabet. Schau, er hat mir sogar eine Visitenkarte gegeben." Er hielt der Oma ein Kärtchen entgegen. Sie nahm es in die Hand und das Erste, was ihr auffiel, war der verschnörkelte Schriftzug.

Wieland von Wünschelsgrund
Vampirjäger und Vampirvernichter
Aufträge aller Schwierigkeitsstufen
willkommen

Daneben war ein Foto abgebildet. Als Sandra über die Schulter von Kais Oma schaute und das Bild sah, erschrak sie. Es zeigte den Kopf eines Mannes, der einen tief sitzenden Schlapphut trug. Der Mantelkragen war aufgestellt und aus dem Gesicht blickten dem Betrachter zwei rot glühende Augen entgegen. Sandra musste nicht lange überlegen, wo sie dieses Gesicht schon einmal gesehen hatte. Es war derselbe Mann, der sie bei Schreinermeister Siebenschein durch das Fenster angestarrt hatte, als sie kurz allein gewesen war.

Wankelmann nahm Frau Flammersfeld die Karte aus der Hand und steckte sie wieder ein.

„Wir sollten uns langsam an die Arbeit machen, Thomas“, rief er und zeigte auf ein paar Strohballen an der Wand. „Räum das weg!“

„Wegräumen, jawohl, Herr, sofort!“ Thomas ging zu den Strohballen und begann, einen nach dem anderen abzutragen.

„Was soll das eigentlich werden, wenn es fertig ist, Rufus?“, fragte Kais Großmutter.

Wankelmann grinste breit. „Das, liebe Elisabet, wird der Höhepunkt meiner wissenschaftlichen Karriere. Jahrelang hat man mich verspottet. Mich gemieden. Sich über mich lustig gemacht. Doch heute Nacht …“, er holte tief Luft und fuhr langsam und mit getragener Stimme fort, „heute Nacht werde ich es beweisen!“

„Beweisen? Was?“

„Niemand hat je an mich geglaubt. Doch nach der heutigen Nacht werden sie nicht anders können. Keiner wird je wieder an mir zweifeln. Keiner, hörst du!“ Wankelmann brüllte nun. „Schon zu Studienzeiten habt ihr nie an mich geglaubt. Über mich gelacht habt ihr, jawohl. Mit den Fingern habt ihr auf mich gezeigt. Und du allen voran, Elisabet!“ An seinem Hals trat eine Ader hervor.

„Was willst du beweisen, Rufus?“, fragte sie erneut.

„Fertig, Herr!“ Thomas hatte alle Strohballen weggeräumt und stand nun vor einigen eigenartigen Apparaturen. Es waren drei silbrig schimmernde Metallkästen, die in einigem Abstand voneinander aufgestellt waren. Aus dem einen Ende des ersten Apparates, der etwas größer als die anderen war, ragte ein Trichter. Ein Förderband führte in den zweiten Kasten, verschwand darin, kam am anderen Ende wieder heraus und führte schließlich in den dritten Kasten. Neben der dritten Apparatur stand ein Behälter, vor dem das Förderband endete. Jeder der Metallkästen hatte unzählige Schalter und Leuchten.

„Schalt mal ein, Thomas!“, befahl Wankelmann barsch.

Dieser gehorchte und legte einen großen Schalter um. Sofort sprang das Förderband ächzend an. Überall quoll weißer Dampf hervor, es zischte und gurgelte und die Leuchten blinkten in allen erdenklichen Farben.

„Bald, mein kleiner Freund, bald geht die Sonne auf." Wankelmann ging zu Gerrith, der ihn mit ängstlichen Augen ansah. „Und was passiert mit euch armseligen Kreaturen, wenn man euch der Sonne aussetzt?"

„Sie zerfallen zu Staub. Das weiß doch jedes Kind. Wirklich keine bahnbrechende Erkenntnis, Rufus", sagte Kais Oma.

„Richtig, Elisabet." Wankelmann drehte sich zu ihr um. Er kramte in seiner Hosentasche und hielt ihr einen silbrigen Klumpen entgegen. „Kennst du das?"

„Was soll das sein?“, fragte sie.

„Das ist Zinn. Du weißt doch, was geschieht, wenn man die Asche von Vampiren mit Zinn vermischt?“ Wankelmann keuchte vor Aufregung.

Frau Flammersfeld kniff die Augen zusammen. „Nichts.“

„Aber ja doch! Es passiert sogar etwas ganz Wunderbares!“ Wankelmanns Stimme überschlug sich. „Gold, Elisabet! Das Zinn wird zu Gold!“ Wankelmann brüllte. „Zu echtem Gold!“ Sein Brüllen ging in ein grausames Lachen über. „Seit Jahrhunderten haben Alchimisten versucht, Gold herzustellen, und mir, mir ganz allein, wird heute Nacht das Wunder gelingen!“

Die Vampire schrien auf.

„Du bist wahnsinnig, Rufus“, zischte Elisabet Flammersfeld.

Wankelmann winkte ab. „Mitnichten. Wieso überhaupt diese Aufregung? Es sind doch nur Vampire.“

Thomas räusperte sich. „Herr, wir sollten uns beeilen. Seht …“ Er zeigte auf das Stück Himmel, das durch das Loch im Dach zu sehen war. Der Morgen graute bereits. Kai zuckte zurück. Offensichtlich hatte ihn Thomas aber nicht entdeckt, denn unten in der Mühle blieb alles ruhig.

„Du hast Recht“, rief Wankelmann. „Bald geht

die Sonne auf. Geh du durch den Geheimgang und besorg das Zinn. Ich hole noch aus dem Auto das Gerät für die Vampirumwandlungsanlage."

„Das Zinn holen … Jawohl, Herr." Thomas schob einige Strohballen neben Guttas Käfig beiseite und öffnete eine darunterliegende Falltür. Die Holzstufen ächzten, als er in den Geheimgang hinabstieg, und sein Schnaufen war auch noch zu hören, als die Falltür schon längst wieder zugefallen und von unten verschlossen war. Wankelmann ging, das Weihwassergewehr auf die Vampire gerichtet, rückwärts zur Tür und nahm ein Vorhängeschloss aus der Manteltasche.

„Wir sehen uns gleich wieder. Adieu!" Dann warf er das Tor zu und hängte das Vorhängeschloss ein.

Das war die Gelegenheit, auf die Kai gewartet hatte. Jetzt oder nie!, schoss es ihm durch den Kopf und er vergewisserte sich mit einem Blick zu Wankelmann, dass dieser nicht zu ihm hinaufblickte. Dann stieß er sich vom Dach ab, um durch das Loch hinunter in die Mühle fliegen. In diesem Moment blickte er jedoch in das glutrote Antlitz der Sonne, die soeben über den Baumwipfeln aufstieg.

Er schrie auf.

Seine Augen brannten, als wäre er mit Säure in Kontakt gekommen. Er hatte das Gefühl, seine

Augäpfel glühten. Wie ein Stein fiel er vom Himmel und stürzte auf das Mühlendach. Sein Kopf schien zu brennen. Die Schmerzen breiteten sich in seinem Körper aus, und als er auf seine Hände blickte, sah er, dass die Adern dunkelviolett hervortraten. Er wollte schreien, doch seine Stimme versagte. Er biss die Zähne zusammen, so sehr, dass er glaubte, sein Kiefer würde jeden Moment auseinanderbrechen. Eine scheinbar endlos lange Zeit lag er da, wälzte sich von einer Seite auf die andere. Er hatte die Hoffnung bereits aufgegeben, dass diese scheußlichen Schmerzen jemals nachlassen würden. Doch schließlich nahm das Brennen ab, die Schmerzen wurden zu einem feinen Kribbeln, das seinen Körper schließlich durch die Fingerspitzen verließ. Als alles vorbei war, blieb Kai noch eine ganze Weile auf dem Rücken liegen. Er schwitzte und fühlte sich müde und kraftlos.

Bitte nicht!, war das Erste, was ihm durch den Kopf ging, als er wieder klar denken konnte. Doch wusste er nur zu gut, was gerade geschehen war. Der Vampir in ihm hatte wieder ein Stück von ihm erobert, ihm die Fähigkeit gestohlen, ein normales Leben zu führen. Kai setzte sich auf. Das Herz wurde ihm schwer. Nie wieder würde er die Sonne sehen, nie mehr einen Sonnenaufgang bewundern.

Er überlegte kurz, wann er das wunderschöne Rot eines Abendhimmels zuletzt bestaunt hatte, doch er konnte sich nicht erinnern …

„Kai?“

Ihm schossen Tränen in die Augen.

„Kai …“

Er fuhr sich mit den Händen über das Gesicht.

„Kaaai!“

Kai schreckte auf. Er steckte den Kopf durch das Loch im Dach. Einige silberne Tränen fielen unbemerkt ins Stroh.

„Ja?“

„Mach irgendetwas. Hol uns hier raus. Und … beeil dich!“, rief ihm seine Oma zu.

„I… Ich komme.“ Er schaute sich noch einmal um. Weiter drüben parkte nun Wankelmanns Wagen auf dem Feldweg. Eine Tür stand weit offen und Wankelmann kramte auf der Rückbank herum. Als sein Körper wieder aus dem Auto auftauchte, hatte er einen großen Apparat in den Armen, der aussah wie die in der Mühle. Wankelmann stöhnte und schnaufte unter der Last und machte sich auf den Rückweg.

In einiger Entfernung krabbelte Thomas gerade aus einem dichten Gebüsch, um gleich darauf hinter einem anderen zu verschwinden. Als er wieder auftauchte, trug er einen großen Sack über der Schulter.

Kai ließ sich durch das Loch im Dach fallen. „Achtung, da unten! Ich komme!“

Opa Gismo schaute erstaunt von seinem Tisch auf. „Oh, das ist doch der junge Mann, den ich eben schon oben auf dem Dach …“

„Wurde aber auch Zeit“, sagte seine Oma, die gerade die letzte Schraube am Schloss von Guttas Käfig entfernt hatte. Sie öffnete die Tür und reichte Gutta eine Hand. „Komm.“

Vorsichtig trat Gutta aus dem Käfig. „Vielen Dank“, sagte sie, lief zu Opa Gismo hinüber und gab ihm einen Kuss. „Opa … Endlich haben wir dich gefunden.“

„Dafür ist jetzt keine Zeit.“ Kai lief suchend zwischen den Heuballen hin und her. „Wankelmann und Thomas sind gleich wieder hier.“ Die anderen schauten schweigend zu, wie er die Strohballen verschob.

„Wollt ihr da Wurzeln schlagen? Los, sucht etwas, womit wir die Tür verriegeln können“, rief er und sofort setzten sich alle in Bewegung. Sandra und Gerrith rannten zu den Metallapparaten, Gangolf kroch unter Opa Gismos Tisch und die Oma verschwand hinter einigen Strohballen. Überall raschelte es, während sie jeden Zentimeter der Mühle nach etwas Brauchbarem absuchten.

Plötzlich hörten sie Schritte, die sich der Tür näherten. Dann ein Keuchen und Schnaufen. Wankelmann! Als er den schweren Apparat vor dem Mühlentor absetzte, knirschte der Sand …

„Hat einer was gefunden?“, rief Sandra leise und spähte hinter einem Strohballen hervor.

„Wie wäre es denn damit?“ Opa Gismo zeigte mit einem Finger nach oben.

„Was meinst du?“, fragte Gangolf.

„Na, das“, wiederholte Opa Gismo und deutete erneut in die Richtung, die er meinte. An der Decke hing ein wuchtiger Balken, von dem ein etwa armdickes Stück Holz abgesplittert war.

„Könnte reichen“, sagte Kai. Er schoss in die Luft, packte das Holz und brach es krachend vom Balken ab. Dann flog er damit zum Mühlentor und schob es durch die Griffe. Just in diesem Augenblick fiel draußen das Vorhängeschloss mit einem dumpfen Schlag zu Boden.

„Was zum Teufel …“ Wankelmann rüttelte an den Griffen. „Was habt ihr da drinnen gemacht?“, schrie er wütend. „Ihr Bastarde! Wartet nur, wenn ich euch zwischen die Finger kriege. Ihr elenden Vampire!“ Er hämmerte mit den Fäusten gegen die Tür.

In diesem Augenblick schrie Gerrith auf. „D... Da!“, stotterte er und zeigte auf die Falltür, die sich langsam hob. Thomas’ Kopf erschien und er starrte verblüfft in den Raum.

„Was ist denn hier los?“, donnerte er.

„Steh da doch nicht so rum, Gerrith. Tu etwas!“, rief Sandra, doch Gerrith bewegte sich keinen Millimeter. Steif vor Angst stand er neben der Falltür.

„Los!“ Sandras Stimme überschlug sich.

Ein Ruck ging durch Gerriths Körper. Er stieß sich, so kräftig er nur konnte, vom Boden ab und sprang mit voller Wucht auf die Falltür, sodass sie zuknallte. In dem Geheimgang polterte es. Thomas war scheinbar die Treppe hinuntergefallen. Er fluchte. „Autsch, mein Kopf! Euch mach ich alle ...“ Sie hörten ihn rumoren.

Da hatte Kai eine Idee. „Sandra, hilf mir“, brüllte er und hastete zu einem der Apparate. „Wir müssen den hier über die Falltür schieben.“ Sandra rannte zu ihm und sie zogen mit aller Kraft an einem der Metallkästen, bis das Förderband abbrach. Sie konnten den Apparat nur langsam bewegen, denn er schien schwer wie zehn Elefanten. Gerade in dem Moment, als sie ihn über den Geheimgang geschoben hatten, hörten sie, dass Thomas versuchte, die Falltür zu öffnen.

„Aufmachen!", schrie er und drückte sich mit seinem ganzen Gewicht gegen die Klappe. Doch der Metallkasten bewegte sich keinen Millimeter von der Stelle. Noch ein paarmal versuchte Thomas die Falltür aufzustemmen, dann gab er auf und verschwand fluchend im Geheimgang.

Plötzlich war alles ruhig. Eine unheimliche Stille breitete sich aus. Draußen kam Wind auf. Er pfiff um die Mühle, kroch durch das Loch im Dach und wehte kühl durch den Innenraum.

„Ich traue der Ruhe nicht", flüsterte Gangolf.

„Mit Recht", bemerkte Kais Oma. „Sie werden wiederkommen."

„Dann solltet ihr euch vielleicht beeilen, mich loszubinden. Oder wollt ihr, dass meine Asche zu Gold verarbeitet wird?"

Die anderen drehten sich um. Opa Gismo lag auf seinem Tisch und grinste sie an.

„Opa ..." Gerrith sprang sofort zu ihm und Kai staunte nicht schlecht, als er begann, mit seinen Zähnen an Opa Gismos Fußfesseln zu knabbern.

„Meinst du, das geht so?", fragte er.

„Natürlich." Gerrith rieb seine scharfen Eckzähne an den Seilen. „Nimm du dir die Handfesseln vor."

„Ich?"

Opa Gismo nickte. „Aber ja. Du bist Neu-Vampir, wie ich sehe. Deine Zähne sind noch besonders spitz und scharf. Wenn ich also bitten dürfte …“ Er schaute auf sein Handgelenk.

Kai schüttelte verwundert den Kopf. Dann hielt er mitten in der Bewegung inne. Ein schrecklicher Gedanke kam ihm. Ganz langsam fuhr er mit der Zunge über seine Zähne. Sie glitt über die Schneidezähne und stieß plötzlich gegen etwas Scharfes. Kai schrie auf – er hatte tatsächlich spitze Eckzähne!

„Hattest du es noch gar nicht bemerkt?“, fragte Opa Gismo.

Kai stand regungslos da. Seine Zunge fuhr immer wieder über seine verwandelten Zähne. Tränen liefen über seine Wangen und fielen wie Perlen in das Stroh. Er spürte Sandras Arm um seine Schulter. Sie wischte ihm die Tränen von seiner Wange.

„I… Ich kann es nicht aufhalten“, flüsterte er. „Mein Gott, ich kann es nicht aufhalten.“

„Ganz ruhig, mein Junge.“ Seine Oma strich ihm tröstend durch das Haar und nahm ihn in den Arm.

„Jaja. So ging es uns allen einmal“, sagte Opa Gismo leise und fast hätte man meinen können, in seinem Blick so etwas wie Mitleid zu erkennen. Gerrith hatte ihm mittlerweile auch die Handfesseln durchgebissen und er stand nun neben Kais

Großmutter. „Ich erinnere mich noch genau, damals, anno ’72 …“

Weiter kam er nicht.

Ein entsetzlicher Schrei gellte durch die Mühle. Gangolf sprang von einem Bein auf das andere und fasste sich an die Waden. Weißer Qualm quoll aus seinen Strümpfen.

Alle drehten sich zu ihm um.

Die Sonne schien durch das Mühlendach herein und ihre Strahlen hatten Gangolf an den Beinen erwischt.

„Ich brenne“, brüllte er. „Helft mir doch, mein Bein brennt!“ Er riss sich den Umhang von den Schultern und schlug sich damit auf die Beine. Dabei geriet sein Arm ebenfalls in den Lichtkegel. Er schrie auf. Seine Hand schwoll blitzschnell an, Blasen bildeten sich auf der Haut und die Adern wurden dunkelviolett und traten hervor. Ein fürchterliches Fauchen kam aus seiner Kehle. Er verdrehte die Augen vor Schmerz, sodass nur noch das Weiße zu sehen war.

„Junge …“ Opa Gismo hüpfte aufgeregt vor Gangolf herum, zog ihn aus dem Sonnenlicht und setzte ihn auf einen Strohballen.

„Was machst du nur?“, sagte er und untersuchte Gangolfs Beine. Dort, wo die Sonnenstrahlen sie getroffen hatten, waren die Strümpfe aufgeplatzt und rote, verbrannte Haut war zu sehen.

„Du hast Glück gehabt, das wird wieder." Er drehte sich zu dem Lichtkreis um. „Hätte wirklich schlimmer ausgehen können. Fürchterlich, dieses Sonnenlicht."

„Es wird schlimmer. Seht …" Gutta deutete auf den Lichtkreis. Er war größer geworden! Je höher die Sonne am Himmel stieg, desto mehr ihrer gleißend hellen, tödlichen Strahlen drangen durch das Loch im Dach. Der Lichtkegel wuchs immer weiter.

Die Vampire wichen erschrocken zurück.

„Teufel auch, wir sind verloren!" Gerrith kroch hinter einen Strohquader, der an der Wand lehnte. Kais Oma half ihm dabei und verrückte den Quader so, dass Gerrith schließlich nicht mehr zu sehen war.

Gutta rührte sich nicht. Sie stand wie gebannt da und starrte auf das Licht, das unaufhörlich auf sie zukroch. Sie wusste, dass sie nicht dort stehen bleiben konnte. Aber das Licht, es war so schön. So wunderschön. Dieses herrliche Licht der Sonne. So ganz anders als das bleiche Mondlicht. Inzwischen berührte es fast ihre Fußspitzen. Sie streckte ihre Hand den Strahlen entgegen. In diesem Augenblick packte sie jemand am Arm und zog sie fort.

„Hier bist du sicher!“ Sandra drängte sie hinter einen der silbernen Apparate.

Dann krachte etwas gegen das Mühlentor und die Klinge einer Axt blitzte durch das Holz.

„Gleich bin ich durch, Herr!“

Wieder traf die scharfe Klinge auf das Tor. Es knackte. Ein tiefer Riss durchzog das Holz. Beim nächsten Schlag gab es schließlich nach und ein großes Stück brach aus der Tür und fiel zu Boden.

„Elisabet, Elisabet …“ Wankelmanns Gesicht erschien in der Öffnung. „Du enttäuscht mich bitterlich. Es sind doch nur Vampire. Denk an das Gold, Elisabet …“ Weiter kam er nicht, denn plötzlich wurde ihm die Sicht versperrt. Eine Hand hielt das Loch zu, durch das er schaute.

„Danke, kein Bedarf, Rufus!“, fauchte Frau Flammersfeld.

Erneut donnerte die Axt gegen die Tür. „Wartet nur, euch mach ich fertig“, brüllte Wankelmann und schlug, so kräftig er nur konnte, mit der Axt auf das Tor ein. Es dauerte nicht lange und in der Tür klaffte ein großes Loch.

„Herr, sie haben ein Stück Holz durch die Griffe geschoben.“ Thomas steckte seine Hand durch das Loch und tastete nach dem Holz, um es aus den Griffen zu ziehen.

Kais Oma kramte in der Tasche ihres Kleides, zückte flink ihr Taschenmesser und klappte eine kleine Schere auf.

„Na, dir werde ich helfen“, zischte sie und stach blitzschnell zu. Die Schere fuhr in Thomas’ Handrücken. Blut quoll aus der Wunde. Sofort riss er seine Hand zurück.

„Aaah, sie haben mich gebissen. Herr, schaut nur, sie haben mich gebissen“, schrie er.

Kai blickte erstaunt zu seiner Großmutter. „Wow, Oma.“

„Ich habe ihn nur ein wenig ... gepikst.“ Sie klappte die Schere wieder zusammen und steckte das Messer in die Tasche zurück.

Dann geschah es. Jemand zog an Kais Umhang und im nächsten Augenblick knallte sein Kopf gegen das Holz der Mühlentür. Ihm wurde kurz schwarz vor Augen. Sein Kopf brummte.

„Ich hab einen. Herr, ich hab einen!“ Thomas’ Stimme überschlug sich und Kai spürte etwas Kaltes an seinem Körper – das Knoblauchgewehr.

„Eine Bewegung und du bist fällig“, knurrte Thomas und drückte ihm die Waffe fester in die Rippen.

Stocksteif stand Kai da. Sein Atem ging kurz und heftig.

„Nimm meine Hand!“, flüsterte Sandra.

„Nicht …“ Kai deutete mit einer zaghaften Kopfbewegung hinter sich, dorthin, wo das Knoblauchgewehr seinen Körper berührte. „Der Knoblauch, er könnte wirken“, flüsterte er und entblößte kurz seine neuen Eckzähne. Doch schon im nächsten Augenblick hatte Sandra seine Hand ergriffen. Die anderen eilten ihr zu Hilfe und gemeinsam zogen sie, so fest sie nur konnten.

Kai stolperte vorwärts. Er spürte deutlich, wie Thomas auf der anderen Seite der Tür kräftiger zupackte. Kai taumelte. Mal machte er einen Schritt in Richtung seiner Freunde, dann wieder zog Thomas ihn zurück zur Tür. Sein Umhang spannte sich bedrohlich und riss schließlich entzwei. Kai fiel vornüber mit dem Gesicht in den Staub. Dabei berührte seine Nasenspitze beinahe den Kegel des Sonnenlichts.

„Alles in Ordnung, mein Junge?“, rief seine Großmutter und half ihm hoch.

„Ja, danke.“ Kai rappelte sich auf und betrachtete seinen zerrissenen Umhang.

„Mach dir keine Gedanken“, sagte Gerrith, der Kais besorgtes Gesicht bemerkt hatte. „Wir haben sicherlich noch einen für dich in der Gruft.“

Draußen konnten sie Thomas rufen hören. „Er

hat sich befreit, Herr. Ihr glaubt gar nicht, welch unmenschliche Kräfte er hat."

„Du bist einfach unfähig. Wirklich, Thomas, dich kann man auch gar nichts machen lassen", brüllte Wankelmann.

Opa Gismo hielt Kai einen kleinen Beutel mit weißen Kügelchen vor die Nase. „Hier, das hast du verloren."

„Hey, aber das sind doch die Tageslichtpillen", rief Gutta.

„Ach ja?" Opa Gismo hob fragend eine Augenbraue. „Wo hat er die denn her?"

„Äh … das erklären wir dir später, Opa, ja?", antwortete Gangolf. „Wie wär's, wenn wir jetzt einfach nur zusehen, dass wir hier wegkommen?"

„Los, jeder Vampir nimmt sich eine." Gutta nahm Opa Gismo den Beutel aus der Hand und verteilte die Pillen. „Und runter damit."

Sie nahmen die Pillen in den Mund und schluckten sie. Kai spürte sofort eine angenehme Kühle. Wie eine zweite Haut legte sie sich um seinen Körper. Es fühlte sich an wie ein Kälteschild gegen die Strahlen der Sonne. Er streckte vorsichtig die Hand aus und hielt sie ins Licht. Er erwartete, dass ihn der gleiche stechende Schmerz wie vorhin überkommen würde, doch dieses Mal geschah nichts. Das

Licht verbrannte ihn nicht. Vielmehr hatte er das Gefühl, als krabbelten viele kleine Ameisen auf der Haut herum. Er trat einen Schritt nach vorn in den Lichtschein. Ganze Ameisenarmeen schienen sich nun über seinen Körper zu verteilen.

„Komisches Gefühl, was?“, fragte Opa Gismo und lächelte.

Kai nickte. Dann spürte er Sandras Hand auf seiner Schulter. „Sag mal, hörst du das?“

„Was?“

„Da ist so ein seltsames Geräusch.“ Sie blickte sich um.

Kai horchte. Und dann hörte er es auch. Es war ein leises Zischen, als würde …

„Ach herrje …“ Opa Gismo zeigte auf das Tor. Dünne weiße Schwaden drangen durch die Risse und Löcher im Holz. Knoblauchnebel!

„Ihr entkommt mir nicht!“ Wankelmann lachte und eine besonders dicke Wolke Knoblauchnebel quoll in den Raum.

Kai musste husten. Er hatte das Gefühl, als hätte er ein Reibeisen im Hals. Er schaute zu den anderen. Gutta, Gangolf und Gerrith lehnten an einem Strohballen und rangen um Atem. Opa Gismo hielt sich schützend ein Stück seines Umhangs vor die Nase.

„Ihr dürft nicht länger hierbleiben." Sandra raste von einem der Vampire zum anderen. „Los, raus mit euch!"

Gangolf reagierte zuerst. Er schnappte sich Sandra und flog, so schnell er konnte, zur Öffnung im Dach.

Kai wurde schwindelig. Seine Augen tränten und alles um ihn herum schien hin und her zu schwanken. Plötzlich spürte er Guttas Hände unter seinen Achseln.

„Nicht erschrecken, ich bin's nur", sagte sie, stieß sich vom Boden ab und schwebte mit ihm hinauf zu Sandra und ihrem Bruder.

Opa Gismo stand vor Kais Großmutter und breitete einladend die Arme aus. „Wenn ich bitten dürfte? Dies ist eine Aufgabe für einen Gentleman. Ich gebe Ihnen mein Ehrenwort, dass ich nicht an Ihnen herumknabbern werde."

Elisabet Flammersfeld schmunzelte. „Wie galant. Einen Augenblick noch, bitte." Sie kramte das Taschenmesser hervor und klappte eine winzige Lupe auf. Dann schnappte sie sich eine Handvoll Stroh und hielt die Lupe darüber. Die Sonnenstrahlen wurden gebündelt und fielen auf das Stroh in ihrer Hand. Es dauerte nicht lange und das Stroh flammte auf.

„Teufel auch, Feuer!“, zischte Opa Gismo. „Welch Brillanz im Denken.“ Er lächelte.

Die Oma pustete in das Stroh und als die Flammen fröhlich züngelten, ließ sie es schließlich auf einen Strohballen fallen, der neben ihr lag.

„Wenn ich nun auf Ihr Angebot zurückkommen dürfte?“, sagte sie, als das Feuer begann, sich durch das Stroh zu fressen. „Es wird hier in wenigen Augenblicken recht heiß werden.“ Sie hob die Arme und Opa Gismo segelte mit ihr hinauf zur Öffnung im Dach, wo Gerrith damit beschäftigt war, das Loch zu vergrößern.

„Damit du und Frau Flammersfeld auch durchpassen“, sagte er, als er die fragenden Blicke seines Großvaters bemerkte. „So, das müsste reichen.“ Er glitt ins Freie und einer nach dem anderen folgte ihm. Gangolf war der Letzte und wollte gerade hindurchfliegen, da fiel etwas aus seiner Umhangtasche. Es war dick, rund und voller Warzen.

Entsetzt riss Gangolf die Augen auf. „Gundel!“, rief er und versuchte das Ding noch aufzufangen. Doch er griff ins Leere. Unter ihm ertönte ein leises *Quak* aus dem Stroh. Gangolf drehte sich sofort um und flog dem Ding hinterher.

Die anderen steckten ihre Köpfe durch die Dachluke.

„Er trägt dieses Untier immer noch mit sich herum?“, fragte Opa Gismo.

Gutta kicherte und wandte sich an Sandra. „Du wolltest doch wissen, was Gangolf in seinem Umhang hat? Das ist es.“

„Eine Gundel?“ Sandra schüttelte ratlos den Kopf. Sie hatte noch nie von einer Gundel gehört.

„Nein, nein“, sagte Gerrith. „Sie ist keine Gundel. Sie heißt Gundel und ist eine Gelbbauchunke.“

„Ah ...“

„Ja. Und sie ist eine ganz besondere Gelbbauchunke“, fügte er hinzu.

„So?“ Sandra klang wenig begeistert. Sie konnte sich beim besten Willen nicht vorstellen, was an einer Gelbbauchunke so besonders sein sollte. Außer vielleicht, dass Gelbbauchunken nicht so häufig zu finden waren wie Frösche oder Kröten. Eigentlich war es ihr egal, denn sie interessierte sich kein bisschen für Amphibien.

„Gundel ist wirklich ungewöhnlich“, bemerkte Gerrith. „Sie ist nämlich die erste vampirische Gelbbauchunke der Welt.“

Jetzt drehte sich auch Kais Großmutter zu Gerrith um. „Bitte?“

„Wenn ich es sage ...“

„Du meinst ...“

„Na ja, Gundel ist eine Vampirunke, wenn Sie so wollen."

Kais Großmutter lachte verblüfft. „Ja, aber, wie ist das denn …"

„Das wissen wir auch nicht, meine Teuerste", unterbrach sie Opa Gismo.

„Aber wir vermuten, dass Gangolf sie ein wenig mit seinen Zähnen geritzt hat, damit er sie länger als Haustier behalten kann und sie ihm nicht wegstirbt." Gutta musste grinsen.

„Sieh einer an." Kais Oma schüttelte den Kopf. „Dass so etwas überhaupt funktioniert. Unglaublich!"

Sie blickten wieder in den Innenraum der Mühle.

Dort rannte Gangolf aufgeregt zwischen den Strohballen herum. „Gundel", rief er, „Gundel, sag doch etwas!"

„Beeil dich, mein Junge", rief Opa Gismo besorgt, „und pass auf das Feuer auf!"

Gangolf nickte kurz. Dann kam von irgendwoher ein heiseres *Quak* und er glaubte, Gundel in der Nähe der Eingangstür zu sehen. Der Knoblauchnebel hatte sich inzwischen verzogen, stattdessen war alles voller Qualm. An der Mühlentür leckten die Flammen bereits am Holz. Gangolf schrie entsetzt auf. Mit einem Hechtsprung stürzte er zur Tür und brüllte: „Gundel, ich komme! Hab keine Angst, ich rette dich!“ Die anderen erschraken, als sie sahen, dass Gangolf im Rauch verschwand.

„Der Junge ist verrückt“, zischte Opa Gismo und starrte in das Feuer unter ihm.

Noch einmal tauchte Gangolf kurz aus dem Qualm auf, holte tief Luft und war sogleich wieder verschwunden.

Dann krachte es. Holz splitterte. Ein markerschütternder Schrei gellte durch die Windmühle. Stimmen brüllten durcheinander – dann war es mit einem Mal totenstill. Einige Sekunden passierte nichts. Opa Gismo ergriff Elisabet Flammersfelds Hand und hielt sie ganz fest.

„Was habt ihr getan?“ Wankelmann trat aus dem Rauch. Seine Stimme klang bedrohlich. Er ging in die Mitte des Raums und drehte sich langsam um sich selbst. Panisch starrte er auf das brennende Stroh. „Ihr Wahnsinnigen! Ihr zerstört mein Lebenswerk …“ Er ballte die Fäuste und blickte hasserfüllt Richtung Dach. „Das werdet ihr büßen!“, brüllte er.

„Ich bin bereit, Herr.“ Thomas trat neben ihn. Er schob Gangolf vor sich her. Er hatte den Vampir an den Haaren gepackt und hielt ihm einen Dolch an die Brust. „Soll ich ihn für euch erledigen, Herr?

Soll ich? Soll ich?“ Er japste aufgeregt und fuchtelte mit der Waffe vor Gangolf herum.

Wankelmann blickte ihn an. Seine Augen verengten sich zu Schlitzen und ein grausames Grinsen entstellte sein Gesicht.

„Ja!“

Die Vampire schrien auf.

„Mit größtem Vergnügen, Herr!“ Thomas holte weit aus. Seine Finger schlossen sich um den Griff des Dolches, während sich die andere Hand noch fester in Gangolfs Haaren vergrub und seinen Kopf nach hinten riss. Gangolf röchelte. Der Dolch blitzte kurz im Sonnenlicht auf, als Thomas ausholte. Die Klinge sauste durch die Luft und berührte bereits den Umhang des Vampirs, da erstarrte Thomas plötzlich mitten in der Bewegung.

Gangolf schluckte.

„Was ist? Stich zu!“, brüllte Wankelmann.

Doch Thomas rührte sich nicht.

„Stich zu, habe ich gesagt! Du Idiot, du Nichtsnutz! Mach schon!“

„I… Ich kann nicht, Herr.“ Thomas trat einen Schritt vor, ließ den Dolch fallen und deutete vorsichtig auf seinen Hals.

Die Vampire auf dem Dach erstarrten.

„Gerrith!“ Opa Gismo sprang auf.

Die Großmutter packte ihn am Umhang. „Nicht“, flüsterte sie, „Sie können nichts für ihn tun.“

Gerrith schwebte hinter Thomas und hatte ihn von hinten gepackt. Seine messerscharfen Zähne waren an dessen Hals.

„Lass ihn los oder ich beiße zu!“, zischte er.

„Mach das ja nicht, Thomas!“ Wankelmanns Stimme überschlug sich. Er legte das Gewehr an. „Ein wenig Weihwasser wird das Problem im Handumdrehen lösen.“

„Wirf sofort das Gewehr weg!“ Die Spitzen von Gerriths Eckzähnen berührten jetzt die Haut an Thomas’ Hals.

„Herr … I… Ich bitte Euch. Nicht … So helft mir doch“, winselte Thomas und eine Träne lief seine Wange hinunter. „Ich will nicht gebissen werden, ich will nicht so ein Ungeheuer werden wie die da. Herr, bitte …“

Wankelmann starrte ihn an. Gerrith konnte in den Lauf des Weihwassergewehrs sehen, das genau auf ihn zielte. Dann ließ Wankelmann das Gewehr langsam sinken und warf es in hohem Bogen fort.

„Du Schlappschwanz.“ Er blickte Thomas verächtlich an. „Ich warne dich. Wenn du den Vampir loslässt, mache ich Hackfleisch aus dir.“

Thomas schluchzte. „Danke, Herr. Danke.“

„Jetzt lass meinen Bruder los“, befahl Gerrith.

„N… Nein.“ Gerrith spürte, dass Thomas vor Angst schlotterte. Und er war erleichtert darüber, denn so würde Thomas nicht merken, dass er selbst zitterte wie Espenlaub. Er drückte seine Zähne fester in Thomas’ Hals. Die Haut gab nach und die scharfen Eckzähne sanken in das Fleisch. Gerrith schmeckte Blut.

„Aaah! Herr, helft mir! Er beißt zu, er beißt zu, er beißt zu! Dieses Ungeheuer beißt zu! Hiiilfe!“

Thomas riss die Arme hoch. Wankelmann brüllte noch: „Nein, Thomas, nicht!“, doch da hatte sich Gangolf bereits losgerissen und in die Luft geschwungen. Gerrith gab Thomas einen ordentlichen Stoß, sodass er vornüberfiel und stieß sich vom Boden ab. Sekunden später schwebte Gerrith neben seinem Bruder unter der Öffnung im Dach.

„So, und nun mach ich die beiden fertig“, zischte Gangolf und seine Augen blitzten vor Zorn.

Doch Gerrith packte ihn am Ärmel. „Nicht!“, warnte er und zeigte auf die Flammen, die sich inzwischen im ganzen Innenraum ausgebreitet hatten. Sie fraßen sich an den Wänden herauf und das Stroh brannte bereits lichterloh. Gangolf riss die Augen auf. „Gundel“, flüsterte er und seine Stimme klang traurig.

„Um dein komisches Haustier mach dir mal keine Sorgen", sagte sein Bruder und klopfte ihm auf die Schulter. Er kramte in der Tasche seines Umhangs. „Bitte sehr." Er hielt Gangolf seine offene Hand entgegen, auf der die Gelbbauchunke hockte.

„Du hast sie gefunden. Wahnsinn ..." Gangolf nahm Gundel vorsichtig in die Hand, strich ihr sanft über den warzigen Rücken und steckte sie in seinen Umhang. *Quak* machte sie, als sie in der Tasche verschwand. Kai hatte das Gefühl, dieses *Quak klänge,* als sei Gundel froh, wieder im Umhang ihres Herrchens zu verschwinden. Aber sofort kam ihm dieser Gedanke komisch vor. Eine Gelbbauchunke konnte doch schließlich keine Gefühle ausdrücken, oder?

„Gerrith, ich ... also ... das war wirklich toll, was du da gemacht hast." Gangolf und Gerrith waren durch die Öffnung zu den anderen auf das Dach geflogen und Gangolf legte seine Hand auf die Schulter seines Bruders.

„Ja, das war sehr mutig von dir, mein Junge", sagte Opa Gismo und lächelte.

Gerrith strahlte. „War es das? Wirklich?"

„Aber ja." Gutta gab ihm einen leichten Stoß in die Rippen.

„Ich hatte solche Angst."

„Aber du hast sie überwunden, um deinen Bruder und sein … Haustier … zu retten. Das ist Mut, Gerrith.“ Kais Oma fuhr ihm durch das struppige Haar. Gerrith errötete.

„Leute, wir sollten langsam verschwinden. Schaut mal.“ Sandra zeigte auf die Flügel der Windmühle. Einer der Flügel brannte lichterloh.

„Du hast Recht, fliegen wir lieber los. Hier wird es gleich sehr ungemütlich.“ Gutta packte Kai unter den Armen und erhob sich in die Luft. Gerrith schnappte sich Sandra und folgte seiner Schwester.

„Darf ich bitten?“ Opa Gismo tat einen Schritt auf Großmutter Flammersfeld zu.

„Gern.“ Sie lächelte und kurz darauf schwebten sie den anderen hinterher.

„Fliegen wir zu mir, ich koche uns noch eine Runde Bluttee“, schlug Kais Oma vor.

Unter ihnen schleppten Wankelmann und Thomas die Apparate der Vampirumwandlungsanlage aus der brennenden Mühle. Als Wankelmann sie erblickte, ballte er die Fäuste.

„Wartet nur, euch kriege ich noch! Dafür werdet ihr bezahlen, das schwöre ich!“, brüllte er, während Thomas im Auto verschwand.

Die Großmutter winkte Wankelmann zu. „Hey, Rufus, werd endlich vernünftig!“, rief sie und ihr

Lachen hallte durch die Morgenluft, als sie mit Opa Gismo über die Baumwipfel hinwegflog und sie die brennende Mühle hinter sich ließen.

Als sie bei Oma Flammersfeld ankamen, stand die Sonne bereits hoch am Himmel.

„Ein herrliches Erlebnis. Ich war schon lange nicht mehr tagsüber unterwegs", sagte Opa Gismo und schüttelte Kais Oma die Hand. „Ich bin Ihnen zu tiefstem Dank verpflichtet. Und euch natürlich auch." Er drehte sich zu Kai, Sandra und seinen Enkeln um und entließ Elisabet Flammersfeld aus seinem kalten Händedruck. „Wir sollten jetzt besser gehen, bevor die Wirkung der Pillen nachlässt", sagte er.

„Also keinen Bluttee mehr?", fragte die Oma.

„Nein, danke. Ein andermal sehr gern." Opa Gismo verbeugte sich tief vor ihr und deutete einen Handkuss an. Sie spürte die Kühle, die seine Lippen verströmten, als sie kurz vor ihrem Handrücken stoppten. „Es war mir ein außerordentliches Vergnügen, von einer so tapferen Dame gerettet zu werden. Ich danke Ihnen nochmals", hauchte er und Kai glaubte etwas schier Unmögliches an seiner Oma zu entdecken: Sie war verlegen. Oder was sollten die roten Wangen sonst bedeuten?

„Ihr habt uns heute wirklich sehr geholfen. Das

war teuflisch nett von euch." Gutta umarmte erst Sandra, die überrascht zusammenzuckte, und dann Kai. Er war erstaunt, wie viel Kraft in diesem kleinen Körper steckte. „Wollen wir uns heute Abend am Pavillon treffen?"

Kai schaute schnell zu Sandra und nickte, als er ihren zustimmenden Blick sah. „Gern."

Die Vampire breiteten die Arme aus, winkten Sandra, Kai und seiner Großmutter zu und verschwanden dann, ohne sich noch einmal umzudrehen.

„Nein, bitte nicht. Ich bin noch nicht so weit."

Sandra hielt kurz inne, dann stellte sie den oberen Teil des Sargdeckels wieder auf.

„Okay", sagte sie und sah ihren Freund an. „Dann wünsche ich dir jetzt … einen schönen Schlaf." Sie lächelte, ging rüber zur Couch, legte sich hin und zog die Decke bis ans Kinn. „Ich mache jetzt das Licht aus, ja?"

„Ist gut", sagte Kai. „Schlaf schön."

Sandra drückte auf den Schalter der kleinen Lampe neben der Couch. Sie hatten alle Rollläden heruntergelassen und kein Strahl des Tageslichts drang in das Wohnzimmer. Es war pechschwarz um sie herum. Kai fühlte sich seltsam. Zum ersten Mal lag er zum Schlafen in seinem Sarg. Es war überraschend bequem und das weiche Innenfutter schmiegte sich sanft an seinen Körper. Langsam ließ er den Kopf auf das Kissen sinken. Er war froh, dass der obere Teil des Deckels offen war und er in den Raum schauen konnte. Sein Blick fiel auf das Bücherregal, und trotz der Dunkelheit konnte er erkennen, was auf den Buchrücken geschrieben stand. Er spürte, wie seine Lider schwer wurden. Da kam ihm der Gedanke, dass das Vampirleben ja vielleicht doch nicht so schlimm war. Und er fragte sich, was wohl seine Eltern sagen würden, wenn sie nach Hause kamen. Doch darüber würde er sich morgen Gedanken machen.

Und dann schlief er ein.

Lies mich ...

Leseprobe
aus dem Ravensburger Taschenbuch 52400
„Miesel und die Gruselgrotte“
von Ian Ogilvy

„Wasss? Du machst wasss?“

„Ich mache eine Klassenfahrt, Iggy.“

Iggy Niggle starrte Miesel böse an. Seine runden Fischaugen funkelten argwöhnisch und seine schmalen blassen Lippen hatte er ganz fest aufeinandergepresst. „Wozu?“

„Was meinst du mit ‚wozu‘? Es ist eine Klassenfahrt. Das heißt, dass meine Klasse einen Ausflug macht, der von der Schule organisiert wird ...“

„Schule! Pah!“, murmelte Iggy giftig.

Miesel seufzte. Manchmal machte Iggy es einem wirklich nicht leicht – so wie jetzt mal wieder. In dem Augenblick, da er die Klassenfahrt erwähnt hatte, war Miesel bewusst geworden, dass es gehörig Knatsch geben würde. Iggy verabscheute es, ohne Miesel zu sein, was auch der Grund dafür war, warum er einen so heftigen Groll gegen Miesels Schule hegte. Miesels Schule war der Ort, wo Miesel jeden Tag außer am Wochenende hinging – was bedeutete, dass Miesel fünf von sieben Tagen nicht bei Iggy sein konnte. Und das war, Iggys Meinung nach, einfach nicht richtig.

„Alssso, dieser Klassenausflug: Wasss machst'n da? Vonner Wiese abheben? Häh? Isss ja schließlich ein

Flug, odder? Alssso wirst du losssfliegen, wasss? Und dann tussst du dir weh und ich hab wasss zu lachen! Ho, jaaa! Ich werd mich dodlachen!"

Miesel beschloss um des lieben Friedens willen, Iggys Witz ein bisschen lustig zu finden. Er lachte und sagte: „Der war gut, Iggy!" Erwartungsvoll blickte er den kleinen schwarzen Hexer an, in der Hoffnung, die Andeutung eines Lächelns zu entdecken – Fehlanzeige. Iggy grollte und schmollte hartnäckig weiter.

„Und für wie lange?", fragte Iggy beleidigt.

„Für eine Woche, glaube ich. Nicht wirklich lange."

Iggy schnaubte verächtlich. „Eine ganze Woche! Dis sind ja fassst eine Sssquillion Tage!"

„Nicht ganz, Iggy!"

Iggy hatte keinen blassen Schimmer, wie das mit den Zahlen funktionierte, aber er wusste, dass Miesel sich gut damit auskannte, und so widersprach er nicht. Stattdessen hob er bloß eine Augenbraue und drehte den Griff seines Schirms zwischen den Fingern, sodass Miesel eine Ladung Regentropfen ins Gesicht platschte.

Der Schirm war brandneu und sehr schick. Sim Stubbs, Miesels Vater, hatte ihn Iggy geschenkt – ein ausgezeichnetes Geschenk für einen schwarzen Hexer, da über den Köpfen aller schwarzen Hexer dauerhaft kleine schwarze Regenwolken hängen. Ohne einen Schirm werden sie pitschnass. Da es sich bei Iggy Niggle um einen ziemlich armseligen, schwächlichen kleinen schwarzen Hexer handelte, war seine Wolke winzig, nicht größer als eine Männerfaust, aber nichtsdestotrotz tröpfelte aus ihr beständig ein feiner Regen auf Iggys Schultern herab. Der Regenschirm (oder *Segen-Stirn,* wie er ihn nannte), war Iggys allerliebster Lieblingsbesitz – obwohl man das nicht vermutet hätte. Sim hatte Iggy in den letzten paar Wochen zwölf Schirme geschenkt, und Iggy hatte es fertiggebracht, sie alle zu verlieren oder kaputt zu machen oder gar beides auf einmal. Darum hatte sich Sim bei dem letzten Schirm etwas ganz Besonderes einfallen lassen. Zunächst hatte er den Schaft, die Speichen und den schwarzen Schirmstoff so verstärkt, dass sie nahezu unzerstörbar wurden. Damit war schon mal etwas gegen Iggys rabiates Herumhantieren getan. Aber Sim hatte sich hinsichtlich Iggys ausgeprägtem Hang, seine Sachen zu verbummeln, noch etwas viel Schlaueres einfallen lassen: Er belegte den superstabilen Regenschirm mit einem Zurück-zum-Besitzer-Zauber. Alles was Iggy – beziehungsweise jeder, der von dem Zauber wusste – zu tun hatte, war, einen ganz bestimmten Pfiff auszustoßen, den Sim ihm beigebracht hatte. Er begann mit einem lang gezogenen *Twiiiii*, darauf folgten zwei kurze *Twiis* und dann noch einmal ein langes, wobei man alle Töne genau treffen musste. Iggy hatte einen vollen Monat gebraucht, um den Pfiff zu lernen. Aber sobald er ihn einmal konnte, musste er nur noch pfeifen, und der Regenschirm – egal, wo er sich befand – öffnete sich, hob vom Boden ab und flog zurück in Iggys erwartungsvoll geöffnete Hände. Der Schirm ging stets vor dem Losfliegen auf, so würde jeder, der ihn durch die

Lüfte segeln sah, vermuten, dass es sich einfach um einen abhandengekommenen Regenschirm handelte, der seinem Besitzer von einer heftigen Bö aus der Hand gerissen worden war.

Bisher hatte Iggy zwölfmal nach seinem brandneuen Schirm gepfiffen – und dabei besaß er ihn erst seit einer Woche. Zu Iggys Verteidigung sei allerdings gesagt, dass er den Schirm bei einem dieser Male nicht wirklich verloren hatte. Miesel hatte dafür gesorgt, dass auch er den Spezialpfiff kannte. Im Gegensatz zu Iggy, der ein bisschen begriffsstutzig war, hatte Miesel anderthalb Minuten gebraucht, um den Pfiff zu beherrschen. Dann hatte Miesel, nur so zum Spaß, nach dem Schirm gepfiffen und ihn über das weit ausgedehnte Gelände von Merlin Manor fliegen lassen, während Iggy ihm die ganze Zeit hinterherjagte. Als Iggy schließlich völlig aus der Puste bei Miesel ankam und Miesel sah, der auf einem Baumstumpf saß, mit seinem kostbaren Schirm in der Hand, wurde er furchtbar böse und drohte Miesel alle möglichen schrecklichen Zauberflüche an, von denen er natürlich keinen einzigen beherrschte.

„Iggy, du brauchst dem Schirm nicht hinterherzurennen“, sagte Miesel mit besänftigender Stimme.

Iggy keifte daraufhin, dass er Mumps in eine verfaulte Rübe verwandeln würde, dann hielt er jedoch inne und fragte: „Wasss?“

„Weißt du nicht mehr? Du brauchst nur zu pfeifen, Iggy – und er kommt geradewegs zu dir zurück.“

Iggy rollte unschlüssig mit seinen Fischaugen, während die Erkenntnis über diese neue Vorgehensweise in seinem Spatzenhirn ein Eckchen fand und sich dort niederließ. Dann grinste er triumphierend und schrie: „Ha! Sssieh ma an. Ich hab gewonnen, nich! Is nämlich völliger Quatsch, wenn du meinen Segen-Stirn mopsssen tust. Ich brauch nämlich nur danach zu pfeifen, sssiehst du!“

Und jetzt standen Miesel und Iggy in gedrückter Stimmung an der Küchentür von Merlin Manor, unmittelbar neben Iggys kleinem Haus. Iggys Haus war eigentlich eine Hundehütte. Tinker, Miesels kleiner schwarz-weißer Terrier, hatte sie nie benutzt, weil er die gemütlichen weichen Polstermöbel in Merlin Manor bevorzugte. Iggy war es wegen seiner kleinen Regenwolke nicht erlaubt, das Haus zu betreten.

„Ist mir egal, wie winzig sie ist. Ich lasse nicht zu, dass dieses Ding meine ganze Küche volltropft“, hatte Nanny Flanell ausgerufen, und so musste Iggy draußen bleiben, weshalb auch Tinkers Hundehütte zu Iggys Haus geworden war. Die Hütte war gerade groß genug, dass Iggy hineinpasste, seine Regenwolke aber nicht, und so konnte sich Iggy drinnen zusammenkauern und hatte es schön warm und trocken. Aber jetzt stand er draußen vor seinem Haus. Um während der Unterhaltung mit Miesel trocken zu bleiben, hatte er den neuen Schirm aufgespannt, damit die Regentropfen aus seiner Wolke darauf tröpfelten anstatt auf seinen Kopf und seine Schultern.

„Alssso – wo soll sssie denn hinfahren, diessse Klassenfahrt?"

Beim Wort „Klasse" zischte Iggys S-Laut noch schärfer als sonst, weil er versuchte, möglichst viel Verachtung in die Silben zu legen. Miesel ging auf, dass ihm nichts anderes übrig bleiben würde, als diese Klassenreise in den düstersten Farben auszumalen – wenn auch nur, um seinem Freund eine Freude zu machen.

„Wir fahren an einen grässlichen Ort, oben im Norden. Es wird kalt und nass – und vermutlich furchtbar langweilig."

Für einen kurzen Augenblick erhellte sich Iggys Miene, bevor sie wieder einen beleidigten Ausdruck annahm.

„Und wasss macht ihr dann da, an diesem grässlichen Ort?"

„Wir werden uns alles, was da so lebt, anschauen, Iggy."

„Etwa Gierigaffen und Ecketanten und Rhini-Rhono-Rhinoresusse ... äh ... und diessse Dingsss mit den spitzen Dingsss auf der Nase?"

„Nein, Iggy. Keine Giraffen oder Elefanten oder Rhinozerosse. So was Spannendes leider nicht. Ich glaube vielmehr, wir werden uns die meiste Zeit Moose ansehen."

„Moose? *Moose*? Wasss'n dis?"

„Grünes Zeug. Es wächst, wo's feucht und kühl ist."

Iggy glotzte Miesel für ein paar Sekunden ausdruckslos an. Dann sagte er: „Na ja, ich bin auch feucht, aber dis wächst nich auf mir. Alsssso is dis schon mal tadoller Quatsch, odder? Wasss guckt ihr noch an?“

„Äh, na ja, ich glaube, wir werden uns auch Wasser ansehen.“

„Wasser?“, quietschte Iggy. „Wasser? Hah – weißte was, Mumps? Bei dir piepssst ja wohl essskrem!“

Miesel grinste leise.

Dass sie sich Moose und Wasser anschauen würden, entsprach nicht ganz der Wahrheit. Moose und Wasser waren zwar von Mr Lockey erwähnt worden, aber eher spaßeshalber. Die ganze Klasse hatte gestöhnt, als der Lehrer verkündete, sie würden allerlei regionale Moosarten studieren und die Wasserqualität der Seen und Flüsse miteinander vergleichen, aber dann ließ er ein brüllendes Gelächter vom Stapel.

„Ha! Angeschmiert! Eure Gesichter, zum Totlachen! Nein, nicht Moose und auch kein Wasser. Doch nicht so was Langweiliges! Euch Kindern kann man auch alles erzählen, ihr glaubt es.“

Iggy war mit seinen Fragen noch nicht zu Ende.

„Und wer fährt diessse Klassenfahrt?“

„Hab ich doch schon gesagt, Iggy. Meine Klasse.“

„Ho, ho! Alsssso alle deine Freunde, nich?“

Iggy hasste es, dass Miesel neben ihm noch andere Freunde hatte. Das war nicht ganz fair, denn obgleich Miesel tatsächlich viele Freunde in seiner Klasse hatte, konnte er nie jemanden mit nach Hause bringen. Daher hatte Iggy eigentlich auch keinen Grund zu glauben, Miesel hätte seine Freunde lieber als Iggy, da der kleine

Hexer Miesel ja noch nie mit ihnen zusammen erlebt hatte.

Es gab viele Gründe, warum Miesel seine Schulfreunde nicht nach Merlin Manor einladen konnte. Seine kleine Schwester, die übermächtige Mallockee, war einer davon. Tilly konnte es sich ohne Weiteres in den Kopf setzen, seinen Gästen für ein paar Minuten einen grünen Hautton zu verpassen. Und der Versuch, *das* zu erklären, hätte die Stubbs-Familie einfach überfordert. Dann wären da natürlich noch Iggy und seine Anwesenheit zu erklären, schlichtweg ein Ding der Unmöglichkeit. Und so hatte sich Miesel eine höchst verworrene Geschichte zusammengesponnen: dass seine Eltern furchtbar allergisch waren gegen jeden, der jünger als zweiundsiebzig war, und dass sie binnen Minuten tödlich erkrankten, sobald sie auf junge Menschen trafen – ihn selbst und seine Schwester ausgenommen, natürlich. Es war keine wirklich gute Geschichte, aber die beste, die ihm eingefallen war, und einstweilen hielt er die Neugierigen damit auf Abstand.

Iggy war damit beschäftigt, seinen mürrischen, grimmigen Ausdruck abzulegen. Das dauerte eine Weile, denn Iggys Gesichtsmuskeln schienen ein Eigenleben zu führen. Miesel sah zu, wie der kleine schwarze Hexer verschiedene groteske Mienen ausprobierte, um sich schließlich für eine zu entscheiden, die für Miesel aussah, als müsste sich Iggy jeden Moment übergeben. Aus Erfahrung wusste Miesel, dass dieses bestimmte Gesicht bedeutete, dass Iggy für kurze Zeit besonders nett sein würde – und das verhieß nie etwas Gutes. Denn Iggy war nur dann wirklich nett, wenn er irgendetwas im Schilde führte.

„Kann ich mitkommen?“, schnurrte er mit sanfter Stimme.

Miesel wurde angst und bange. Wie sollte er diese Bitte abschlagen, ohne Iggys Gefühle zu sehr zu verletzen? Vielleicht gab es ja einen Ausweg …

„Nein, Iggy, tut mir leid, aber du kannst nicht …“

Sofort tauschte Iggy die Leidensmiene gegen einen Ausdruck wütender Empörung.

„Kann nich? Kann nich? KANN NICH?“, tobte er und schob sein Gesicht dicht an das von Miesel heran.

„Warte, Iggy, ich bin noch nicht fertig. Du kannst nicht mitkommen, weil es eine Klassenfahrt ist. Du gehst nicht zur Schule und bist in keiner Klasse …“

„Schule is dooof! Schule is eckelig! Schule is scheußlich!“

„Und du weißt ja, warum du keine Schule besuchst, oder?“

Iggys Augen verengten sich lauernd. Die Wahrheit war nämlich, dass er keine Ahnung hatte, warum er keine Schule besuchte.

„Weil du für die Schule einfach viel zu schlau bist, Iggy!“

Nach ausgiebigen Zuckungen nahm Iggys Gesicht einen Ausdruck der Zufriedenheit an.

„Ich bin schlau“, stimmte er ernst zu. „Ich bin esss-krem schlau.“

„Und darum gehst du auch auf keine doofe, eklige, scheußliche Schule, Iggy. Ich muss aber hingehen, weil ich nichts weiß. Du musst nicht hingehen, weil du *alles* weißt!“

Iggy nickte selbstgefällig. Sein blasser Mund grinste jetzt so breit, dass Miesel die beiden Reihen spitzer Zähne sehen konnte, drei auf jeder Seite.

„Ho, ja – ich weiß allesss, nich wahr? Jede klitzefeine Sssache. Ich tu über allesss auf der ganzen weiten Welt Bescheid wissen! Und dis, Mumps, disssis auch der Grund, warum ich nich zur Schule gehe!“

Iggy beendete seinen Satz auf einer Note des Triumphs und Miesel seufzte erleichtert. Es kam oft vor, dass Iggy die letzte Bemerkung, die jemand geäußert hatte, als seine eigene Idee vereinnahmte, und Miesel wusste, das war ein gutes Zeichen. Es bedeutete, dass Iggy ihm keine weiteren Scherereien wegen der Klassenreise machen würde.

Die Reise war Mr Lockeys Idee gewesen.

Mr Lockey war ein neuer Vertretungslehrer, der für die schreckliche Miss Patterson eingesprungen war, die keiner leiden konnte. Miss Patterson unterrichtete Naturkunde. Sie war knapp fünfzig Jahre alt und hatte ein sauertöpfisches, hässliches Gesicht und krauses, graues Haar wie ein Büschel Stahlwolle. Sie trug dicke Tweedkostüme, abgewetzte Wollstrümpfe und klobige, plumpe Schuhe. Ihre Mundwinkel waren immer nach unten gezogen, und die Lippen blieben in steter Missbilligung fest zusammengekniffen. Infolge der dauerhaft zusammengezogenen Augenbrauen hatte sich eine tiefe waagerechte Falte in ihre Stirn eingegraben. Sie schrie oft herum und hatte nicht das kleinste bisschen Geduld mit Menschen, die Naturkunde unbegreiflich fanden – und dazu zählte auch Miesel Stubbs.

Als Miss Patterson also an einem besonders schlimmen Fall von Windpocken erkrankte, der sie für mindestens einen Monat in einem abgedunkelten Raum ans Bett fesseln würde, war keiner und am wenigsten Miesel darüber traurig. Vor allem nicht, weil Mr Lockey als Vertretungslehrer eingesprungen war.

Mr Lockey war einfach klasse! Er erzählte viele Witze, verlor niemals die Geduld und erhob seine Stimme nur, um in schallendes Gelächter auszubrechen. Doch was am allerbesten war: Er brachte es fertig, dass der Naturkundeunterricht richtig Spaß machte, und für Miesel war jeder, der das schaffte, eine Art von Genie.

Mr Lockey sah aus wie ein großer Bär. Er hatte eine mächtige Brust, breite Schultern und Arme so dick wie Baumäste. Er hatte langes gelocktes Haar und ein breites Kinn, über dem eine lange Nase aufragte. Seine großen leuchtenden Augen schienen immer über irgendetwas zu lachen. Er erinnerte Miesel ein bisschen an Tobias Jugg, aber nur was Aussehen und Statur betraf. Mr Lockeys Persönlichkeit ähnelte der von Toby Jugg in keinster Weise. Toby Jugg war vermutlich der böseste Hexenmeister, den Miesel je kennengelernt hatte. Und jetzt, da Toby ein schwarzer Hexer und damit unerfreulicherweise auch noch verrückt geworden war, gab es wohl keinen gefährlicheren Zauberer als ihn.

Die Zauberergilde hatte eine beträchtliche Anzahl von Mitarbeitern ausgesandt, um Toby Jugg zu suchen. Bislang hatten sie jedoch noch kein Glück gehabt. Toby Jugg war verschwunden, niemand hatte auch nur die leiseste Ahnung, wo er stecken könnte. Mr Needle und Mr Bland waren zur selben Zeit verschwunden und die Ermittler der Zauberergilde suchten auch nach ihnen. Man wollte sie vernehmen.

Die allerwichtigste Frage der Zauberergilde an Mr Needle und Mr Bland war, warum sie ihre Posten verlassen hatten, als das Glibbermonster über Merlin Manor hergefallen war. Sollten sie jemals ausfindig gemacht werden, sahen Needle und Bland einer höchst unerquicklichen Zeit in den Vernehmungsräumen der Zauberergilde entgegen; dennoch konzentrierte sich die Suche auf den wahnsinnigen und gleichwohl mächtigen Toby Jugg.

Der Vertretungslehrer war das genaue Gegenteil des übergeschnappten schwarzen Hexers. Nie sagte Mr Lockey zu irgendjemandem ein unfreundliches Wort (auch nicht *über* irgendjemanden). Er schenkte jedem, der seinen Weg kreuzte, ein Lächeln, und er hörte sich aufmerksam jedes Problem an, das man an ihn herantrug (oder er hörte es notfalls heraus). Und er war, kaum eingetroffen, allseits beliebt an der Schule.

Im Gegensatz zu Toby Jugg und all den anderen schwarzen Hexern, denen Miesel bisher begegnet war, schwebte über seinem Kopf auch keine bedrohliche schwarze Regenwolke. Genau genommen versprach es immer ein sonniger Tag zu werden, sobald Mr Lockey in der Nähe war.

Er hatte die Klassenfahrt am Morgen verkündet.

„Meine Damen und Herren!“, rief er mit dröhnender Stimme und grinste die Klasse fröhlich an. „Ich möchte etwas bekannt geben! Es ist mir gelungen, unseren liebenswerten und großartigen Rektor davon zu überzeugen, dass er uns einen ganz besonderen Ausflug machen lässt! Diese Klasse und nur diese Klasse, weil ihr alle solche bemerkenswerten Schüler seid, wird zu den wilden und flauschig weichen Hügeln von Mount Spindrift fahren. Wer kann mir sagen, wo Mount Spindrift liegt?“

Da niemand es wusste, zeigte Mr Lockey die Lage von Mount Spindrift auf der Wandkarte.

„Da – seht ihr! Hoch oben im Norden, wo der Wind so scharf bläst, dass der Regen seitwärts fällt! Wo die Schneeflocken so groß sind wie Eierkuchen! Wo das Moos so dick ist, dass ihr es als Matratze benutzen könnt! Wir werden dort eine ganze Woche verbringen und einen Mordsspaß haben!“

Miesels Eltern, Sim und Lee, hatten auf eigene Faust ein paar Erkundigungen eingezogen. Miesel hatte einfach schon zu viele schlimme Dinge erlebt – und das alles nur, weil er ihr Sohn war. Sie hatten, ohne Miesel etwas davon zu sagen, den Rektor angerufen. Mr Crusoe hatte sie beruhigt.

„Mr Lockey hat absolut untadelige Referenzen vorzuweisen“, sagte er. „Und was diese Klassenreise angeht, so haben wir erfahren, dass er sie schon des Öfteren veranstaltet hat mit Klassen verschiedener Schulen und jedes Mal mit großem Erfolg. Die Kinder logieren in einem gemütlichen Haus gleich in der Nähe eines schönen Sees und sie werden die örtliche Flora und Fauna erforschen. Und wie ich immer zu sagen pflege – eine Woche an der frischen Luft hat noch niemandem geschadet!“

„Fährt noch jemand mit außer Mr Lockey?“, fragte Lee.

„Oh ja, in der Tat!“, antwortete Mr Crusoe begeistert. „Zwei Damen werden die Klasse begleiten. Mr Lockeys Schwestern. Ich habe beide kennengelernt und war zutiefst beeindruckt. Eine ist gelernte Krankenschwester, die andere eine pensionierte Lehrerin – besser kann man's nicht treffen, oder?“

Lee verabschiedete sich und legte den Hörer auf. Anschließend überlegten sie und Sim gemeinsam. Ihnen war angesichts der Klassenfahrt mulmig zumute – aber die Tatsache, dass die gesamte Klasse eine Reise unternehmen würde, die schon ein paarmal zuvor stattgefunden hatte, mit einem Lehrer, der den Anschein gab zu wissen, was er tat, zerstreute ihre Bedenken.

„Miesel kann nicht immer vom normalen Leben ferngehalten werden“, sagte Lee. „Bloß weil er zur Zauberwelt gehört, bedeutet das nicht, dass er sich von der menschlichen Welt abschotten muss. Immerhin ist er ein Mensch, nicht wahr? In ihm steckt nicht die Spur von Magie, Gott sei Dank!“

„Und außerdem“, sagte Sim, „jetzt, wo diese landesweite Fahndung nach Toby Jugg läuft, ist es mir lieber, Miesel befindet sich außer Reichweite, für den Fall, dass irgendetwas Unerfreuliches passiert.“